序

一

年初，喜闻老友陈发祥先生的散文集《七日一徽说》系列之《不敢写徽州》即将出版，欣然为之作序。

徽州，以"一府六县"为根基，屹立于中华大地，形成了灿烂辉煌的徽州文化，吸引着国内外莘莘学子络绎不绝前来考察，并加入徽学研究行列。自1947年傅衣凌先生发表《明代徽商考》以来，中、日、韩学者关于徽文化的研究，成果斐然。然其研究多局限于学术之园圃，受众甚少，对广大读者来说，依然是高冷的阳春白雪。

老友陈发祥先生，上海财经大学经济学专业出身，却于三十年前一次偶然的机会与徽州、与徽文化一见钟情，再见倾心，从此一发而不可收。二十五年间，陈先生几乎跑遍了徽州的每一个古村落，走遍了徽州人出门经商求学的官道商途，阅读了大量关于徽文化的专著，为徽文化的深厚内涵所感动并日渐痴迷，且开始以一个经济学研究者的视角去思考徽学研究的意义和价值何在，研究的方向在哪。

三年前疫情防控期间，陈先生萌发了一个大胆的想法，即以散文的方式，将精深的徽文化请出"闺阁"，并很快将之付诸实践。陈先生热爱学习，善于思考，以田野调查与史料求证为根基，将过去的研究与今人的思考结合起来，于是就有了《七日一徽说》系列散文的诞生。三年来，陈先生笔耕不辍，已完成一百五十篇，其对徽文化的热爱，其耐心，其责任心，让我这个科班出身的人都自愧不如。

于是，在这春暖花开的时节，陈先生的努力、耐力、学术能力赢得了大家的认可，出版社计划将这三年来的文字结集成三本出版。

第一本《不敢写徽州》即将正式出版，共收录六十四篇文章，涉及徽州源头、徽州地理、徽州古村落、徽州宗族、徽派建筑、徽州三雕、徽茶及徽菜等多个领域，语言生动活泼，内容丰富，打破了专业的藩篱，使得徽文化能够在大众中广泛地传播，还原了文化为大众服务的初始价值。

不同的学者都在以不同的方式做着同样的一件事，那就是探索、揭示徽州历史文化的底蕴，传承优良的传统文化，发挥其现实的价值，这也是新一代学人的责任和使命担当。

明清历史文献学博士　魏　梅

2023 年 2 月 17 日

七日一徽说

QI RI YI HUI SHUO
BUGAN XIE HUIZHOU

不敢写徽州

陈发祥——著

时代出版传媒股份有限公司
安徽文艺出版社

图书在版编目（ＣＩＰ）数据

不敢写徽州/陈发祥著.—合肥：安徽文艺出版社,2023.5
（七日一徽说）
ISBN 978-7-5396-7769-9

Ⅰ.①不… Ⅱ.①陈… Ⅲ.①散文集－中国－当代
Ⅳ.①I267

中国国家版本馆 CIP 数据核字(2023)第 070992 号

出 版 人：姚 巍
责任编辑：宋晓津　　卫冬冬 装帧设计：熙宇文化　　徐 睿
....
出版发行：安徽文艺出版社　　www.awpub.com
地　　址：合肥市翡翠路 1118 号　　邮政编码：230071
营 销 部：(0551)63533889
印　　制：安徽安星印务有限公司　　(0551)65712112
....
开本：710×1010　1/16　印张：14　字数：200 千字
版次：2023 年 5 月第 1 版
印次：2023 年 5 月第 1 次印刷
定价：78.00 元
....

序

二

昨天我刚从婺源回来，今天中午正在酣睡，发祥打来电话，搅了我的春梦。我正准备发飙，他开口就道歉："对不起，不知道你还在睡觉，有事跟你商量一下，我的《七日一徽说》系列的第一本《不敢写徽州》快要出版了，想请你以徽文化爱好者及老友的身份，写个序。"我赶紧推辞："我哪有这个水平？"但他不准，还限期二十天"交卷"。我倒是不怕出丑，只怕我这水平影响他在文化圈的声誉。

发祥和我高中同班，记得高一第一节语文课，老师让我们自由命题写篇作文，其他同学都只写了几页交差，唯独他一口气写完整整一个作文本，还不满足，意犹未尽地又从旧作文本扯下两页写满，用面糊粘在最后，这才心满意足，大功告成。语文老师把他的文章作为范文念了几段，同学们惊得目瞪口呆。自此，他荣获"陈骚客"称号。

他爱文学，爱得认真而执着。有一次，同学写了一首诗给他看，想得到他的表扬和肯定，谁知把他气坏了。总共四行诗，却有十五处错误。他当场把那个同学狠批了一顿。那架势，大有侮辱他不要紧，但侮辱诗是万万不可的之意。

后来，我和发祥都去上海求学，他在上海财大，我在华东理工，相距大半个上海。大约是因为初来大上海，人生地不熟，形单影只，一到周末，我俩便混到一起互诉衷肠，有点同是天涯沦落人的味道。他的专业是经济学，但文学才是他的挚爱，我心中隐隐为他感到遗憾。毕业后，我们各自为生活而忙碌，联系渐渐少了，只知道他在大学里教经济学。

大概是前几年，他在同学群里开始发一些关于徽州的文章和照片。我也喜欢徽州，且经常去玩。他的文字让我身临其境，心旷神怡，我仿佛看到那个意气风发的文学青年又回来了。之后，他在群里不停地发文章，我感觉徽州似乎变成了他的恋人，他爱得深情而热烈。他用两条粗腿走遍了徽州的山山水水，并且每周坚持写一封"情书"，详细描述徽州的历史、地理、文化等，洋洋洒洒，令人叹为观止。

开始，他的文章很华丽，我猜他就像青年男子乍一见西施，忍不住一股脑儿把好词全往她身上堆一样。于是，我发信息给他："文章很好，很华丽，就是有的字我不认得。"他默默接受了我的意见，文风渐渐趋于平实、自然。我想他已经爱上徽州的内涵了，因而甚喜，再次发信息给他："比以前写得更好了。"他问："好在哪？"我答："字，我基本上认得了。"他笑了。

发祥是农村出来的，他身上始终保持着朴实、率真的品质。在这纷纷扰扰的世界上，很多人孜孜追求身外之物的时候，他坚守着自己的精神家园，行走在传播徽州文化的路上，就像田边的野花，潇洒且奔放，自由而热烈。

陈　骏

2023 年 2 月 21 日

目 录

第一章

溯源千年篁墩
001

003 | 溯源千年篁墩

006 | 越国公汪华

010 | 千年之冢　不动一抔

013 | 新安在天上

016 | 浮梁歙州　万国来求

020 | 徽州时代

023 | 荷叶盖金龟　邑小名士多

026 | 山水人文聚首邑

029 | 烟霞百里间

033 | 金镶玉里书茶香

036 | 松萝山下状元府

040 | 祁山阊门群芳最

第二章

无梦到徽州
043

045 | 齐云山巅裁云归

048 | 不敢写徽州

051 | 黄山归来不看岳

054 ｜ 无梦到徽州

057 ｜ 不尽徽州十二时

061 ｜ 地分四极溪见底

064 ｜ 深山莽莽地不偏

067 ｜ 八山半水半分田

070 ｜ 千溪百水润新安

074 ｜ 一峰竞出万山秀

077 ｜ 三月春风菜花天

081 ｜ 杜鹃花落子规啼

第三章
一姓从来住一村
085

087 ｜ 一姓从来住一村

090 ｜ 生趣盎然象形村

093 ｜ 一村蛰伏众水绕

096 ｜ 一湾深泓映徽州

099 ｜ 细雨春分堂前燕

102 ｜ 云吞木梨硔

105 ｜ 桃源深处莲自开

108 ｜ 坡山四季云海涌

111 ｜ 秋水夕阳西溪南

114 ｜ 翚岭人家村居远

第四章

慎终追远祠高耸
117

119 | 慎终追远祠高耸

122 | 瓜瓞绵绵异彩现

125 | 左昭右穆彝伦叙

128 | 三牲三献祠祭时

131 | 清流三股汇新安

134 | 门阀大族尚素封

137 | 开枝散叶山水间

140 | 点点星火耀中华

143 | 欧苏体例新安谱

146 | 巨树参天族庇佑

149 | 扬善惩恶依家法

152 | 四世同堂累世居

第五章

五岳朝宗马头昂
155

157 | 五岳朝宗马头昂

160 | 四水归堂天地通

163 | 史海钩沉话牌坊

166 | 顶天立地旌乡里

169 | 三雕骈美一宇中

172 | 九龙戏珠满天星

175 | 水磨青砖黟县石

178 | 十里红云读春风

第六章
万水千山出珍馐
181

183 | 猴坑人家夜沉沉

186 | 香飘南海一安茶

189 | 祁红特绝群芳最

192 | 一壶新茗泡松萝

195 | 冷韵毛峰出云雾

198 | 三茶六礼谈茶俗

201 | 万水千山出珍馐

204 | 寻常人家"赛琼碗"

207 | 石头馃香飘新安

210 | 黄金果与白玉花

后 记
213

第一章　溯源千年篁墩

溯源千年篁墩

古徽州之四界，三山一水阻塞，形成相对封闭而独立的地理单元，兵燹少至，犹如世外桃源。历经永嘉之乱、黄巢之乱、靖康之乱，自中原迁徙而来的名门望族、簪缨之族，千年以来，世居于此。

南宋以降，徽州为人物渊薮。然而，以程朱为代表的徽州三十六个家族，其初入徽州，弃船登岸，始发之地，公认为篁墩。因程姓后裔程颐、程颢兄弟于帝都洛阳创洛学，婺源人朱松之子朱熹于福建开闽学、创新安理学并集理学之大成，故篁墩被尊称为"程朱阙里"。明代的"程朱阙里"牌坊，清代乾隆御赐的"洛闽溯本"匾额、"宸翰"石碑，现今依然保存完好于篁墩。篁墩也因此与山西洪洞大槐树、福建宁化石壁村，并称为中国三大宗族始迁地。

去黄山市四公里处，屯溪区东北向、歙县西南方，花山谜窟三公里外，有一古村落，掩映在修竹摇曳之境、树木葱茏之中，便是篁墩。泛舟新安江，遥看篁墩，坐东北而朝西南，脉出黄山，枕黄牢、马鞍、富伦三山，九曲溪流萦绕，东南三百米，便是蜿蜒如带的渐江，此为"枕山、环水、面屏"之布局。明代大学士赵滂在《程朱阙里志》中以"天

"洛闽溯本"匾额（部分）

马列其前，石壁拥其右，古宫辅其左。大河前绕，重山后镇"之文字，极力渲染其虎踞龙盘之势。

入篁墩必过桥，村东有铧卜桥，村北有六合桥，村南有道南桥，村中有延寿桥。立于水口千年古樟之下，江风习习、松涛阵阵，四水环绕、村舍俨然。村民牵牛荷锄而过，相遇颔首淡笑。

相湖亭中，几位老者吸着纸烟，倘若问起姓氏，几近没有重复。与古徽州"从来一姓只居一村，绝无杂姓"的旧习不同，今篁墩姓氏居然有四十四个之多。其中缘由，乃是中原而来的大姓，自渐江登岸后，皆留下一支，其余族众以篁墩为中心，或四散于徽州各地，或流落于四海。无论何时何地，这群族人在描述自己源地的时候，大多会带上"篁墩"二字，曰篁墩朱、篁墩程、篁墩戴等。如今，新安程氏始祖元谭公墓、程氏统宗祠，徽州黄氏一世祖积公墓园依然耸立于一片竹荫之下，古朴、森然。

2019年春日，受东至县南溪古寨金姓家族委托，探寻最后一支匈奴部落的迁移线路，我来到篁墩。翻开《篁墩村志》，赫然记述着1250多年前，匈奴休屠王太子金日磾的后裔归顺汉王朝后，在汉地世代为官；至唐晚期，为避黄巢之乱迁入徽州篁墩，辗转休宁、祁门而入东至。

　　篁墩始称姚家墩，后又有黄墩、汪家村之说，至明代翰林程敏政定名篁墩，延续至今。这大约因此地江岸低山如墩，篁竹漫山如海，枝枝相连、根根相通，开枝散叶于徽州之故也。

屯溪篁墩

越国公汪华

　　徽州古为东南偏远之地，土著山越人断发文身，开化较晚。范晔的《后汉书》有云："深林远薮，椎髻鸟语之人。"汉唐之际，徽州武风劲吹，名将辈出，尤以程灵洗、汪华为代表。

　　民国《歙县志》记述："邑中各姓以程、汪最古，族亦最繁，忠壮、越国公之遗泽长矣。"徽州之大族，程姓、汪姓源远流长，其中，汪姓家族人口众多。徽州历来有"十姓九汪""天下汪姓出新安""汪姓者，皆汪华之后也"之说。

　　汪族本源中原之地河南颍川，新安一世祖为汉代龙骧将军汪文和，一脉相传至隋末唐初。此时，围绕皇权的争夺，导致中原地区战争频繁，天下大乱。为保一方平安，登源人汪华拥兵十万保州，克歙、饶、杭、婺、宣、睦等六州，结寨古城岩，自号"吴王"。唐武德四年（621），汪华上书归顺唐皇。高祖李渊感念汪华既保故土，又复归中央，封其为"上柱国越国公"。故后人以"上柱国""汪王""越国公""汪国公"等尊称之。如今，踏入徽州，四处可见汪王祠、越国公庙。

　　汪华共生九子。其中，第五子、第九子夭折；第四、六、八子后裔迁出徽州；第一、二、三、七子后代留在境内，分布甚广，如唐模、岩寺、

汪氏宗祠

宏村、登源等。据不完全统计，民国初年，古徽州"一府六县"范围的汪姓村落竟然有二百四十处之多。

自唐之后，为旌表忠义，历代王朝对汪华都有叠加追封，宋徽宗更是赐庙祭祀，号为"忠显"。徽州本土渐渐形成了地方性宗教信仰，即汪华信仰。汪华被敬为"新安之神""太阳菩萨""汪公大帝"。每年汪华的诞辰之日，歙县、绩溪等地都会举行大规模的游神赛神活动。是日，徽人倾城而出，唱戏舞狮，一时鞭炮齐鸣、锣鼓喧天；入夜，人们穿新衣、骑火马、执火灯，秉烛夜游，通宵达旦，场面盛大而隆重。

祭祀汪华活动的高潮为绩溪县的"赛琼碗"。此为徽菜的文化学源头、安徽省省级非物质文化遗产。这天，来自四里八乡的山民带着各色供品，供奉在汪公大帝神像前。徽州本处于群山之中，山珍甚多，菜肴丰富。祭祀美味可摆放十二排，每排二十四碗，有二百八十八碗之多。"赛琼碗"的菜肴后来形成定式，即三十六道冷盘、七十二道热菜，共

绩溪汪村

计一百零八道珍馐。

汪华出生于绩溪县登源河畔的大庙汪村。此河源自安徽省第二高峰清凉峰，伴随着徽杭古道，一路逶迤而来，穿龙川而经汪村，曲曲折折，怀抱仁里，并流练江，于歙县浦口处汇入新安江，呈浩瀚之势，直奔东海而去，肆意汪洋。

徽杭古道

千年之冢　不动一抔

　　"千年之冢，不动一抔；千丁之族，未尝散处；千载谱系，丝毫不紊。"清代休宁县著名学者赵吉士在《寄园寄所寄》中以极尽洗练的三句高度概括了古徽州"敬祖""收族""明谱系"的宗族社会特征。

　　仲春冷雨，寒风破衣，菜花凋零。清晨，婺源县考水村笼罩在一片薄雾之中，黑白村舍时隐时现，村旁溪水若有若无。村南一里外的黄杜坞，漫山的杜鹃含苞待放，簇拥着一座坟冢。悠长的神道尽头，墓碑上，赫然铭刻着八个篆体大字"始祖明经胡公之墓"。此为明经胡一世祖昌翼公长眠之地，乡人皆习惯称之为"太子坟"。

　　904 年，大唐式微，四大节度使之首的梁王朱温挟天子以令诸侯，并迫使唐昭宗李晔由长安迁都洛阳。迁徙队伍滞留于河南陕州期间，年轻的何妃生下一子。为防朱温诛灭李唐一族，李晔将襁褓中的幼子秘密托付给侍卫胡清（因胡清于家中排行老三，故又名"胡三"）。胡清受命后，星夜兼程，越黄河而渡长江，一路狂奔，归于故土婺源考水。胡清隐去李姓，以己之姓，给羸弱的太子起名为昌翼，以存续李唐之血脉。

　　925 年，二十一岁的胡昌翼高中明经科进士，养父胡清告知其身世。

太子坟

昌翼无意为官，舍弃功名，决然返乡，专心治学，故此支胡姓被后人敬称为"明经胡"，以区别于"金紫胡""龙川胡""尚书胡"。因本为大唐国姓，故徽州民间又称之为"李改胡""假胡"。

归隐的昌翼，精研易学，终生未走出考水。昌翼醉心自然，游学于婺水徽山间；潜心学问，教化于宗族乡梓里，终成一代大儒，传无为好学之门风。999 年，为报养父养育之恩，昌翼公于弥留之际，郑重告诫膝下三子，永世不得改回李姓，随后，溘然长逝于考水之畔，长眠于黄杜坞中。

此后，婺源明经胡开枝散叶，人丁兴旺，昌翼公一子、二子之族人先后迁往世界文化遗产地黟县西递，绩溪上庄、宅坦，旌德高甲等地，唯有三子后裔世居于考水村。明经胡子孙后代，才俊辈出。"江南二宝，胡伸汪藻"之胡伸，"江南六大富商"之一胡贯三，红顶商人胡雪岩，徽墨金字招牌的创立者胡开文，新文化运动领袖之一胡适先生，皆出此源。

2019 年冬日，昌翼公驾鹤西去 1020 年后，依然静卧在故土田园，

婺源考水村入口

鸟瞰着不远处的乡梓。考水长流，青山依旧，时间在静穆中，仿佛驻留了千年，印证着"千年之冢，不动一抔"的机语。夕阳下，炊烟缓缓升起；维新桥上，农人牵牛而过；村中，隐约传来童子的阵阵诵读声。

　　古街、古巷、古民居，书声、水声、松涛声，布谷鸟鸣与婉转的徽州话融合在一起，远山近村在暮色中渐渐隐去，成了记忆中模糊而永恒的家园。

新安在天上

一滩复一滩，一滩高十丈。

三百六十滩，新安在天上。

乾隆三十八年（1773），江南才子黄仲则自杭州下水，穿越杭嘉湖平原，顶浪而上，过钱塘而逆富春，开启"黄白之游"。诗人立在船头劲风里，遥想徽州万山之中，千溪百水汇流而成的新安江，奔腾汹涌，仿佛自九天而来，破山斩石，激荡起十丈浪高，写意挥洒的景象，即兴吟唱出这首被后人评价为"冯虚御风，不可捉摸"的五言绝句。

子夜时分，休宁县鹤城乡六股尖上，新月初生。竹根泉水汩汩作响，点破了空山，涓涓而下，汇集于龙井潭，绕过沉睡的冯村，接续了众多不知名的溪流，成了新安江南支的正源大源河。

大源河出休宁而名率水，掉头向南，一路逶迤，在屯溪黎阳与自黟县五溪山蜿蜒而来的横江并流为渐江。休歙盆地的渐江，一改狂放不羁，放慢脚步，缓缓东去，滋润着一片丰饶的故园。西溪南、棠樾，犹如墨渍，点缀在青山绿水之间；雄村、花山谜窟，恰似青螺，掩映在枫杨樟树里。

桃花坝上，盛开的桃花，和着竹浪，簇拥着国宝竹山书院。

歙县浦口，丰乐水、富资水、扬之水、布射水并流而成的练江汇入，始称新安江。此后百里，江阔水深、山高林秀，两岸四季繁华，犹如画廊，直至深渡。暮春之时，三潭枇杷黄澄澄地挂在枝头；深秋之日，三口蜜橘甜爽爽地润于舌尖。皖浙边界，淳安境内，新安江驻留，一座座碧绿的山峰被江水环抱，成了千岛之湖。

渔亭、兰渡、篁墩、黎阳、渔梁、深渡，夕阳下的古码头，石阶残破，繁华渐去，却掩不住桨声灯影，仿佛看到芒鞋竹杖的黄宾虹、英姿焕发的胡适、"不带半根草去"的陶行知。他们轻舟出新安，或步入钱塘江畔的杭州，或沿大运河北上京城，或顺长江东去上海，或越大洋西行求学，一生痴绝，几度梦回新安，却难归故里，以儒者之风，践行着"先生之风，山高水长"。

自冯溪至街口，二百四十多公里的新安江，似母亲的乳汁，浸润着休宁、黟县、歙县、绩溪等古徽州之县，孕育出博大而精深的徽州文化。

千岛湖

新安江

千百年来，徽人因水而生、逐水而居、沿水而迁、顺水而出、伴水而歌。

登封桥、海阳桥，乃至太平桥，晕染在新安江的晨雾之中，蛟龙一般，承载着千年厚重，与一江清水，浓缩成无边的风月。山中谷地、江畔低丘、湖边书院，丰饶的物产、深厚的理学，养育着世家大族，传续着千年文脉。

新安是一个避风港，承载着中华文明。中原士族迁于此、留于斯，凭借新安之风，便落地生根，扶摇直上，传家于世外桃源。新安是一只摇篮，怀抱着黑白徽州。徽人生于此、长于斯，十三四岁借力新安之水，便破开峰岭阻隔，挣脱丘壑羁绊，绽放在万山之外。

浮梁歙州　万国来求

祁门县城东北四十里外是大坦乡燕窝里村，即徽菜名品臭鳜鱼的诞生地，黟县、祁门、石台、太平四县交界处。村北大洪岭上，苍山茫茫、云水汤汤。

明万历始，一条古道犹如苍龙出海游走于岭间，"七上八下"，九转十八弯。农历四月初，盛放的野生杜鹃将三里长的青石板道簇拥成狭窄而悠长的花径。徒步其中，花随人行，春风中摇动的各色花朵，触了鼻尖，醉了心田。

大洪岭头，一湾泉水，悠悠地穿过古茶园，不久跌宕而下，聚集成潭，此为阊江之源也。清明时分，乾坤朗朗，初春的嫩芽从采茶女的葱指间不经意地滑落于溪水中，沉沉浮浮，随流势别离了大洪岭，穿祁山而至梅城西南之阊门。此地高大危岩夹岸如门，水流湍急，

阊江一角

礁石林立，故曰"阊门"。徽州之茶出阊江至饶州（今鄱阳县）乐安河，与景德镇的瓷器汇成"雪白青翠之色、流光兰香之韵"，共绘"浮梁歙州，万国来求"的盛景。

明隆庆开海禁，但茶叶运输仅限于内河。鄱阳湖中，天际云水间，千帆竞渡，舟来楫往，熙熙攘攘。商船南下东去，云集诸多口岸。至清乾隆年间，中国因瓷茶而成了世界的白银帝国。

商人们逆赣江南下，过南昌、吉安、赣州至南岭脚下，弃船登岸，翻过三十里的梅关古道，越大庾岭而达广东南雄，再由北江登舟，经韶关、清远，一路顺流至三水。三水者，东江、西江、北江合流也，此乃珠江之始。广州，珠江入海口，江海之间，瓷茶自"十三行"而行销全球，此为新安商人"漂南洋"的百年商程。瓷与茶的相遇，在欧洲，成就了英国王室悠闲而尊贵的下午茶；在波士顿，点燃了北美人民的独立热情。

赣江吉安段

云帆远扬，八百里洞庭，石钟山下，"江湖之间"入大江。沿长江东去，可至富庶的江南，经十里洋场的上海，贸易天下。从汉口中转，西行荆楚，北去燕赵，西北至恰克图，行销黄土高原、大漠戈壁、极寒之地。自瓜州入大运河，成就"春风十里扬州路"。晋商、徽商乃至江右商帮，益然崛起于山水之中，长袖善舞于觥筹之间。

深秋的瑶里古镇静静地躺在瑶河的臂弯中，传续着千年窑火。此地北上十公里，便是皖赣边界的休宁县鹤城乡右龙岭。浩大而幽深的右龙谷地中，茶花盛开，红豆杉成林，八百亩茶园烟雨氤氲。南去三里有东埠古码头，曾经是明清的瓷土装船之地。水街的东头，依然耸立着清乾隆四十五年（1780）浮梁县署所刻的《东埠街码头瓷土装运告示》。宽阔的河面，一条古道穿过东埠石桥伸入高岭。岭头的矿坑里，尘封着一千年前中国瓷器冠绝全球的秘密。一个地质学专业名词——高岭土（Kaolin），因中国深山中的一个小村落而诞生。

高岭村头，两棵一千五百年树龄的古樟树，盘根错节，犹如壮

东埠石桥

汉的筋脉一般。此村因瓷而兴，村中之姓，北宋景德年间为刘、王。此后，徽州移民以数百年为计，呼朋唤友，徐徐而来，生根发芽，繁盛于此，曰汪、胡、程、黄。

高岭村古樟树

村后高山之内，徽饶古道之边，丰饶谷地之中有一大湖，景致优美，名曰"汪湖"。

　　瓷茶之道，发脉于徽州、浮梁群山之中，蔓延于九州大地，归流于泉州、广州、上海乃至汉口，以船为马，云帆沧海，千年以来，延伸至海外的每一个角落，以二重奏的方式高歌同一曲，曲名叫中国（China）。

徽州时代

古徽州本为山越人之地，开化较晚。春秋战国时，此地先后分属吴、越、楚。大秦一统，置会稽郡，始设黝、歙二县。黝地多山，所产之石名曰"黟县青"：通体青色，着雨瞬即成黑。歙者，"山水翕聚"之地也。歙县县城背靠紫阳、问政、乌聊三山，面向练江之水，位于山水开合之地，清风涤荡。

汉以降，因徽州地处东南，远离中原，天高地远，民风彪悍，武风劲吹，豪强常常聚合而起，割据不断，境内大多时段属丹阳郡。太康元年（280），西晋灭吴，设新安郡。从此，新安文化开启了1700多年的历史，故徽州又被后世称为"新安""新都"等，徽学之"新安医学""新安画派""新安理学"等皆源于此。大历五年（770），唐设歙州而管辖六县，方有"一州六县"之说。

宋宣和三年（1121），北宋剿灭了歙县人方腊领导的起义，在起义波及范围内的浙西、皖南、赣北一带设徽州府，辖歙县、黟县、祁门、婺源、绩溪、休宁六县，府治歙县，"一府六县"之格局横空而出。

时序而言，徽州的"一州六县"与"一府六县"皆终于清宣统三年，

黟县宏村

即 1911 年，前者绵延了 1141 年，而后者奔腾了 790 年。其中，西晋至北宋的 800 多年，徽州偏安一隅，为世人所不知。直至两宋之交的靖康之乱，中原世家大族大量迁入，好文之风开始浸润徽州。尤其是南宋初，朱熹开创的新安理学勃然兴起，方使得徽州本土文风鼎盛，名人辈出，彰显于世，也宣告了"徽州时代"的来临。

至于"徽学"与"徽州学"之异，盖因徽州本地学者，为强调徽州地域特色，更多以"徽州学"称之，而徽州境外学者皆以"徽学"述之，二者指向一致，本意趋同。至今为止，概述徽文化较为系统的著作，乃 2005 年 5 月由安徽人民出版社出版发行的二十卷本"徽州文化全书"，涵盖了徽商、徽菜、徽州古村落、徽派建筑等二十多个徽学门类。

徽州之所以称为"徽"，说法有四：一为大徽山之说，大徽山即绩溪境内横贯东西的翚岭，王安石曾留有"晓渡藤溪霜落后，夜过翚岭月明中"之诗句；二为徽水之说，徽水发源于大翚岭主峰仙人岩尖北麓，于泾县黄村附近入青弋江，从芜湖临江塔汇流长江；三为大徽村之说，徽溪入谷地后，徽人临水而居，渐渐形成大徽村；四为"羁绊、捆绑"

021

黟县南屏村一角

之说，方腊起义失败后，宋徽宗为束缚徽州，特以"徽"字的本义命名之。至于盛行的"山水人文"之说，乃解构"徽"字的偏旁部首后而成，为民间口头生动之说，非学术之言。

传统文化之遗存，有点、线、面三种状态。例如山东之曲阜，突出体现三个点，即孔府、孔林、孔庙之"三孔"。温州楠溪江流域，三十三个古村落，以芙蓉古村为代表，沿楠溪江两岸一字排开。徽文化则发源于中华正源的中原文明，孑遗于三山一水之中，是保存最为完好的原汁原味的面状样本。时至今日，徽州之居民仍然坚守着延续几百年的生活方式，不为尘外繁华所动。

如今，徽学与敦煌学、藏学并列，合称为中国三大地方显学，也是三大显学中唯一研究汉民族文化的。故而，徽文化不仅是徽州"一府六县"的，也不仅是安徽的，更是汉民族的、中国的，乃至世界的，犹如新安之水，似真似幻，亦古亦今，出于徽州，波澜壮阔，显于万山之外，万古长流。

荷叶盖金龟　邑小名士多

　　绩溪为古徽州"一府六县"之一，无论是翚岭、大徽村，还是徽溪，皆在绩溪境内；徽菜本为绩溪山野土菜，成形于祭祀越国公汪华；徽州大族之汪、胡、程，或出于绩溪，或聚于邑中：故绩溪被尊为"徽州之源"。

　　绩溪县域群山四合，树木葱茏，形似龟裙。翚岭自西北而东南贯穿全境，犹如龟脊。青山为龟体，蓝天为荷叶，呈"荷叶盖金龟"之形胜。《元和郡县志》载："县北有乳溪，与徽溪相去一里，并流离而复合，有如绩焉，因以为名。"水入谷地，曲曲折折、分分合合，如绩麻一般，故曰"绩溪"也。溪水或入长江，或并流新安江，或归于太湖。

　　山水之间，村舍粉黛，乃千年世家所在。箬岭之下，杨溪之畔，兰花飘香处，有一村落，名曰"上庄"，乃婺源明经胡后裔、"我从山中来，带着兰花草"的吟唱者胡适先生之故园也。徽杭古道入口，大鄣山下，飞云流渡之所，是徽菜地理学源头伏岭古镇。集徽派砖雕工艺之大成、呈阴阳八卦之态势的"中华第一门楼"所在地，为太极湖村。枕龙须山而环登源河，萃徽州木雕之精华，坐拥"江南第一祠"者，名曰"龙川"。夕阳下，湖里古村，红顶商人胡雪岩浩大而衰败的旧居，静卧在杂草藤

胡适故居

蔓中，有着说不尽的凄美。

宋代"江南二宝"之一的汪藻有言："新安之属，以县名者六，而邑小士多，绩溪为最。"绩溪北去宁国，西接黄山，南交歙县，东邻杭州，面积略过一千平方公里，人口不及二十万。

自南宋伊始，徽州商人出新安而至江南，水路为新安江，陆路需越大鄣山。二十公里青石板铺就的徽杭古道，成为漫漫征程。

2006年4月23日清晨，初春微冷的细雨中，我第一次从浙江省杭州市临安区马啸乡出发，徒步二十公里，三个半小时，到达伏岭镇祝三村，在茅草铺满青石的徽杭古道上，开启了长达十五年的古道行走。那是个有漫山杜鹃相陪的旅途，伴随着汗水与雨水的洗礼。此后，或独自前行，或领着学生，或带着朋友与家人，在嫩痕漫阶的春朝、暴雨滂沱的夏日、落叶如金的秋天、冰雪封道的冬季，前后四十多次，我从徽杭古道上走过，只是徒步的速度愈来愈慢，非独体力下降的原因，更多的是源自心灵的呼唤。

北去箬岭，汪华祠依然矗立，深秋的黄白菊顶霜怒放；隋代箬岭关的门楼上，书有四个醒目的赤红大字——"天险重开"。此关以千年为维度、蓝天为背景，诉说着曾经的繁华与传奇。南至钱塘，湖畔诗社，绩溪诗人汪静之用"雅洁的蝶儿，熏在惠风里"的诗句，唤醒了中华大地沉睡千年的爱的颂歌。1915 年，上庄胡开文墨庄的"地球墨"远渡万里重洋，赢得了巴拿马国际博览会的金奖。

上庄一角

立于海拔 1787.4 米的清凉峰，吴越大地匍匐在脚下，鸟瞰东海，浩瀚无边，云水奔腾。绩溪之地，狭窄而回环，商人士子背起石头馃，撑着油纸伞，回望故乡一眼，便义无反顾地踏入茫茫群山之中，成了点点流动的符号，从此以后，或流落邑外，或客死他乡，或衣锦还乡。

山水人文聚首邑

歙县之地，黄山巍峨其西北，天目山雄峙其东北，东南为茫茫的白际山。三山合拢而来，低丘、谷地与碧溪次第展开。扬之水、丰乐水、布射水、富资水并流于练江，环绕府城，穿过十六孔的太平石桥，于太白楼下被渔梁古坝拦成一湾深泓，托起即将远航的扁舟。南部休歙盆地，新安江西来，与练江一起滋润着两岸的故园，令其生生不息，悠远而绵长。

忘不了十里红云桃花坝，剪不断细雨霏霏溢昌溪，抹不去北岸廊桥旧光影，说不尽唐模瀛洲小西湖，看不厌阳产土楼合欢蕊。

自隋开科举至清末，歙县共出文武进士770人，冠绝皖省。至于"父子宰相""兄弟尚书""四世一品""进士村落""翰林家族"，更是屡见不鲜。歙县徽商，自新安江顺水而出，北上京城、南下广州、东去江南、西行荆楚，茶、木、盐、典四业并举，贸易于四海，集聚于扬州。至清中期，两淮盐运八总商，歙县"恒占其四"。

唐大历五年，定歙县为州府，直至清宣统三年的1141年时光中，

渔梁古码头

歙县始终为徽州六县之首邑。徽州府所在地徽城镇，古迹满街、国宝遍布。许国大学士八角牌坊高大而威严，古民居集聚的斗山街悠长而曲折，徽州古衙四门洞开，市井小巷生机盎然。应公井巷口，依然耸立着清光绪三十一年（1905）所立的孝贞节烈坊，上刻有"徽州府属孝贞节烈六万五千零七十八名口"之文字。城东南一角，便是渔梁古码头，历来为商号云集之所。渔梁古街建于练江之畔，房舍井然而对称，中以卵石铺道；细瓦如鱼鳞，街巷为鱼脊，两头小而中间圆润，呈典型的鱼形布局。鱼入一江清水，便活泼欢腾，激起点点浪花，寓意商机无限、货殖不断。

山环水绕的歙县，物产丰盛。初春，问政山笋破土而出，剥开蝉翼一般的笋衣，色如象牙，三尺之高落地，瞬间破碎成泥，仿佛入土杳然而去。入夏，新安江大拐弯处，清晨薄雾之中，漳潭、绵潭、瀹潭之三潭枇杷，历去冬开花、今春结果，终于在小满节气后，成熟于青枝绿叶间。秋高气爽，"中国四大名菊"之一的黄山贡菊，盛放于金竹岭头，昂首望去，如云

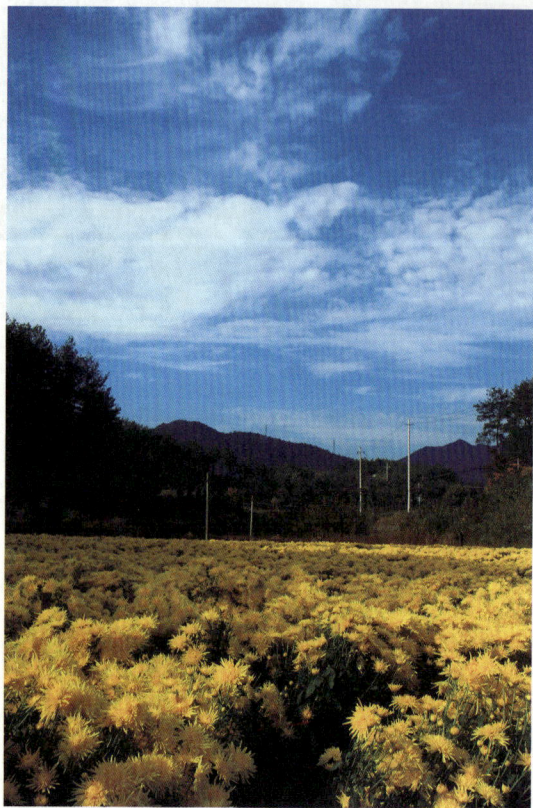

黄山贡菊

似烟，丘壑起伏之间，绵延数十里。寒冬来时，霜雾凝结在枝头上，皖浙交界处，三口蜜橘破开橘衣，汁液仿佛会顿时染黄浩荡的新安江水。徽城镇中，来自婺源龙尾山的砚石，在歙县雕匠出神入化的刀功下，变化成细若肌肤的歙砚，润泽了黄宾虹的笔尖。

农历正月十五，枯树寒鸦声声，大地一片萧索。歙县西南七公里处的群山中，洪家岭村的山坡谷地、田间地头，漫山的梅花，仿佛吹响了春天的号角，一夜之间，红的、白的、绿的、粉的，破开花萼，齐刷刷地绽放在寒风里。洪家岭村村形如鱼，加上1200年来，无论世事如何变幻，洪姓家族始终以卖花为生，故被俗称为卖花渔村。

歙县山川，开合之间，被东风涤荡，被新安江洗净，成了无尘的世界，哺育出汪道昆、曹文埴、渐江、王茂荫等文人雅士，也孕育出"贾而好儒"的素封之家。千年以来，歙县人以"道脉薪传"的勇气，引领徽州"一府六县"，执着地坚守住一片文化净土，不骄不躁，默默地留与后来者。

烟霞百里间

　　黟县之"黟"，出自黄山。集"奇松、怪石、云海、温泉"四绝为一体的黄山，五岳观止，崖石黛色，古名黟山。唐天宝六载（747），因传说为黄帝炼丹得道飞升之所在，此山更名为黄山。虽黄山后易其名，黟县之黟，自秦王政二十六年（前221）始，2200多年来，一直沿用至今。

宏村月沼

黟县北枕天都峰，南望齐云山，西武岭横卧其西，兴岭傲视其东。高山以四合的天际线，勾勒出 857 平方千米的家园。清溪河、漳水、横江等众水出于群山，如网状向黟县盆地合流而来。山旁溪边，树木葱茏，粉墙黛瓦掩映其中，田畴阡陌纵横其间，夕阳西下，炊烟袅袅，牧笛婉转而悠扬。李白南来黟县求鹏，偶遇路人，探问家居何处。听者淡淡一笑，催生诗仙"问余何意栖碧山，笑而不答心自闲。桃花流水窅然去，别有天地非人间"之诗句。

黟县静卧在黄山脚下，偏安于徽州府一隅，仿佛被世人遗忘。古时自府城至黟县，唯有舟楫逆横江而上，至渔亭古渡（水道逼仄，虽扁舟不可入），弃船登岸，过桃源洞方可。洞出而别有天地，放眼望去，高山矗立、谷地平缓、碧溪烟树，农人恬静、鸟渡画屏，疑为前世遗落，恍惚梦归几回。南唐诗人许坚别江宁而初入黟县，触景生情，发出"黟邑桃源小，烟霞百里宽。地多灵草木，人尚古衣冠"之咏叹。

西递村一角

柯村油菜花

2000 年 11 月，西递、宏村因作为"人类文明的见证、传统特色建筑的典型作品、人与自然结合的光辉典范"而被联合国教科文组织列入世界文化遗产名录。黟县境内，保存完好的明清古民居竟然有 3900 栋之多。卢村木雕楼集萃木雕之精华，西递胡文光刺史坊石雕艺术冠绝徽州，关麓"八大家"连墙若比栉，木坑竹海起伏如浪涛。

宏村北枕雷岗山，南望屏山，东西两条溪水环抱。村民引水入村，水圳蜿蜒 1300 米而过家门，在村中汪氏祠堂前形成月沼，于村南书院旁汇成南湖，浩大而威严的承志堂、敬爱堂镶嵌其中。夏日雨过天晴，夕阳倒映在湖面上；画桥铺展在风荷里；白鹅浮在云朵间，曲项而歌，水皱而澜生，虽市井深处皆可闻。南部三里下游，奇墅湖碧波荡漾，湖畔野花烂漫，房舍隐隐约约。

　　漫步黟县，远观水墨写意，近看画里人家。初春立于茅山岭头，一览柯村谷地，桃花粉红似霞，菜花连绵若锦。夏夜新月如洗，武陵溪水哗哗，"南屏山下南屏村，五松林中五松亭"，72 条悠长巷陌，条条通往吾家。秋来塔川村中，炊烟环绕，房舍沿山势层层累叠；霜打后的乌桕叶，似火若枫，不经意地散落在田间地头。冬日的秀里村，双秀桥挽起同福客栈，依偎着龙川溪；细雪静静地落入水中，瞬间融化。

　　黟县村舍，自在生长，只在山水间，潺潺流淌了千年，寂寞无声。

金镶玉里书茶香

婺源之"婺",为星宿之名。《说文解字》曰:"婺,不繇也。"唐开元二十八年(740),析休宁县回玉乡与江西乐平县怀金乡而置新县,因段莘、高砂、清华、赋春、江湾等水于县域西南汇流为星江,故曰"婺源"也。婺源历来以"中国书乡""中国茶乡"而名闻天下。

婺源本为古徽州六县之一,于1934年、1949年,经两次划分后而归江西。婺源东临国家历史文化名城衢州,西接千年瓷都景德镇,北枕黄山与徽州府,南连三清山,东北高而西南低。境内高山起伏、低丘绵延、河流纵横。村舍如青螺,散落在台地、峡谷、盆地中,村外又一村,树间复生树,故婺源被称为"中国最美的乡村"。

南宋绍兴二十年(1150),宋代理学集大成者朱熹自福建尤溪荣归故里,于紫阳山焚香祭祖,在老子祠开坛授徒,一时应者云集,从此,新安理学大盛,徽州山色尽润。自宋而清,婺源人高中进士者552名,出仕为宦者2665人,大儒层出不穷,《四库全书》中收录了婺源人著作1487卷。江永为皖派经学之开山鼻祖,詹天佑被尊称为"中国铁路之父"。续大唐传奇之风、开新派武侠小说之先河的查良镛先生驾鹤仙去后,婺

婺源晓起一角

源县紫阳镇将一条道路改名为金庸大道，以昭示查氏家族的源头。

枕山环水的婺源，物产丰饶，以色而名。溪头乡龙尾山的龙尾砚，品种繁多，色黝而质坚。江湾雪梨，体大饱满、清脆爽口，尤以质白而汁多的"六月雪""西降坞"为上品。"人间天物"荷包鲤鱼，头小尾短、背高腹圆，通体呈鲜艳的橙红色。《茶经》有云："歙州茶生婺源山谷。"婺源多产绿茶，汤色碧而出天然，入口甘而回味长。黑白红绿间，烘托出"江南人参"绞股蓝。

婺源之美，美在春秋。春来桃花汛，黑白人家掩映在一片菜花锦绣里，马头墙绣在天际线，农人荷锄牵牛行走在古桥、古树、古民居、古祠堂间，蓝天、青山、绿水、碧溪成了背景。春日傍晚，晓起村头樟树下，有孩童吟唱着"古树高低屋，斜阳远近山。林梢烟似带，村外水如环"。秋来篁岭，层层叠叠的人家沿着山势生长着，消失在岭头白云下。柿子红了，秋菊白了，玉米黄了，豆子绿了。房前院后、檐下屋上，只要有空白的场地，农人们便用一个个金黄的竹编将秋天的收获平摊开来，暴晒于干燥的秋阳下，在黑白的房舍间绘制出七彩的晒秋图。

深秋的清晨，登上赋春镇石城村旁的岭头，站在两棵千年古樟之下，可见赋春水旁的村舍静静地躺在几十棵挺拔而金黄的银杏树之中。四周的山上，是火红的枫树。晨雾与炊烟交织在一起，在谷地里涌动，或浓或淡，泼洒出动静相宜的写意山水。置身其中，你便成了别人的风景。

婺源晓起村头

别离婺源，耳畔响起大鄣山的飞瀑声，脑中重现鸳鸯湖的倩影，一步三回头中，不知不觉来到了浙岭。立于吴楚分源碑下，回望婺源，山水村落，渐行渐远，融于赣江大地，成了回不去的故园。

松萝山下状元府

　　休宁之"休"，出自境内鹣山之"鹣"。208 年，此地因设县于鹣山之南，故曰"休阳"，后有海阳、海宁之说。598 年，隋炀帝择休阳、海宁而定县名为休宁，然县城所在，至今仍名海阳。

　　宋代，海阳镇始筑城墙，设有七门，城内布局严谨而合理，"东门牌楼西门店，北门住户南门田"。自宋而清，休宁文风鼎盛，科举兴旺，

中国状元博物馆

沂水

共出文武状元 19 名、进士 414 人，赢得了"中国第一状元县"之美名。休宁城中巍然矗立着中国唯一的状元博物馆。该馆藏品丰富，有休宁最后一位状元黄思永殿试之试卷、乾隆御赐绢本"福"字立轴、皇榜等珍品文物。

"朝为田舍郎，暮登天子堂"，面壁十年图破壁。休宁的私塾、书院中，走出了名儒陈栎及其弟子大明开国谋臣朱升、珠算宗师程大位、学者赵汸、文学家程敏政，以及书画界的"海阳四大家"。然而，华丽的序幕，似乎都是为了迎接清乾嘉学派代表人物戴震的隆重登场。戴震六试进士不中，以不仕之身纂修《四库全书》，破宋明理学之禁锢、倡"求是"之哲学、开"科学"之新风，终成清代考据学之巨擘，被誉为百科全书式人物，为近代国学大师章太炎、新文化运动领袖胡适等推崇。

休宁县域多高山与丘陵，素有"八山半水一分田，半分道路和庄园"之说。夹溪河、横江、率水、沂水等众水，由北而南呈扇形，从群山中

休宁县木梨硔村

奔涌而出，将大地切割成河谷，于县东冲积出休歙盆地。河谷、盆地之中，星罗棋布的村落人家，枕山而环水。海阳镇北枕松萝、凤凰、白鹤等诸山；横江自镇西而入，与并流的夹溪河一起，由西而东绕过城南，呈半月形环抱着小城。

温润的气候，使得多山的休宁盛产杉木。南宋伊始，休宁徽商自率水、横江放木排而下，经新安江、富春江，一路顺流至临安，获利颇丰，成就了徽商四业之木业。夹源春雨，溪水欢腾；松萝山上，茶草壮硕而肥厚。皖赣边界，右龙谷地，飞瀑之下，红豆杉成林；初春的细雨中，亚洲最大的有机茶园里，嫩芽绿油油地直立于枝头、摇曳于风中，生机勃勃。

凌晨五点，西去海阳镇三十里，白岳峰危崖入云，因山与云齐，又名"齐云山"。横江水在齐云山脚下画出新月般的弧线，群鸟欢鸣的齐云小镇静静地沉睡在横江两岸。薄雾中，黑白人家时隐时现，悠长的街巷深处传来空远的狗吠声。横江之上，轻摇的扁舟如落入水中的一片竹叶。

鱼鹰穿梭于江中，不时叼出闪着银光的鱼儿。渔家哼吟着徽曲，洒出一网网清辉。晨曦浅浅地从廊崖峰的背后泛起，越过白岳峰顶是瓦蓝的苍穹。莲花一般的云朵随意地洒落在天空中。月华街镶嵌在赤色的崖壁上，于道乐清音中躲入一片片浮云里，时有时无。

休宁，处古徽州之腹地、新安江之上游，开徽商之先河，以文风水韵茶香，护佑了世家大族，润泽着徽州大地，成了一片宁静而和美的家园。

祁山阊门群芳最

永泰二年（766），唐并浮梁东北乡与黟县西南乡置新县，取祁山、阊门而合名为"祁门"。祁门四域整体呈枫叶形，西北为牯牛降，东北为黄山，境内高山纵横、清溪蜿蜒，素有"九山半水半分田"之说。阊江自大洪岭发脉，由东而西横穿县域至倒湖入浮梁，直奔鄱阳而去，颇有白乐天"前月浮梁买茶去"的意境。

祁门县城所在祁山镇，古称"梅城"，"田"字布街、"之"字导水，城东青萝寺、城西金粟庵。入夜，平政、仁济两桥与新月倒映在水中，文峰塔顶铃声阵阵，洪家大屋于静穆中诉说着曾国藩行辕的往事。凤凰山下，阊江之畔，落英缤纷小道，隐约走来弃官返乡的张志和，身后的渔童与樵青一起吟唱着"西塞山前白鹭飞"。

农历正月初四，闪里镇文堂村，国家级非物质文化遗产徽州祠祭如期而至。下午三时，陈氏族人穿新衣、着长袍，在庄严肃穆的气氛中，齐聚于宗祠。遵朱熹的《家礼》规制，族长用婉转的徽语诵读着祭文，十六童子齐声高唱着族规祖训，享堂前供奉着少牢之礼。日落西山之际，鞭炮齐鸣，烟花满天，安徽省省级非物质文化遗产草龙隆重登场。草龙以金竹为龙骨，以稻草为龙身。人们将插满草龙的根根檀香点着后，就舞动着草龙穿过街头巷尾、田间地头。檀香燃到龙身之时，已是黑夜，站在高处，只见一条火龙划破夜空，腾挪起伏，星火点点飞扬。

徽州祠祭

　　第二天清晨，一场目连戏将在不远处的坑口村会源堂古戏台拉开帷幕。建于明万历十五年（1587）的会源堂，是闪里、新安一带的十一个国宝级古戏台之一。徽人"事死如事生"，将古戏台嵌入祠堂的仪门中，戏台中心正对寝堂的神主牌位。族人希冀与祖先一起，在冬日农闲之时，共享丰收喜悦。自远处望去，祠堂、戏台浑然一体，前贤、后人怡然同乐。

　　清明、谷雨之际，大地一片朗润。祁门县箬坑、渚口、闪里、历口等地的茶园里，着青衣的采茶女背着茶篓、唱着采茶歌，散布在层层叠叠的茶垄之中。晨曦升起，溪上轻雾与山中云朵融合在一起，使得歌声缥缈、人影浮动。"世界三大高香红茶"之一的祁门红茶，将在山下的茶坊里被精制而出，此后，入鄱阳湖，经赣江、珠江至十三行，漂洋过海，成就英国人下午茶的好时光。"祁红特绝群芳最，清誉高香不二门"，

鸟瞰仙寓山

祁门红茶条索紧细匀整、苗秀显毫乌润，汤色艳红镶金边，口味隽永而绵长，因香气似花似果又似蜜，故被冠以高贵的"祁门香"，居"世界三大高香红茶"之首。1915年，来自闪里镇桃源村陈郁斋创办的"忠信昌"字号的祁门红茶，赢得了巴拿马国际博览会的金奖。

祁山茶香、阊门水韵，古戏台的徽剧曲调，烧透半边天的火龙，和着仙寓山原始森林的松涛声，合奏于杜鹃盛放的大洪古道，汇聚成远山的呼唤。

第二章　无梦到徽州

齐云山巅裁云归

　　凌晨五点，横江水在齐云山脚下画出一条新月般的弧线，在夹江而峙的一丛丛春竹的簇拥下，浩荡地流过登封桥，与浩渺的率水汇合，成就了百里画廊的新安江。

　　群鸟欢鸣的齐云小镇静静地躺在横江的臂弯里，薄雾中，黑白人家时隐时现，苍松翠竹忽有忽无，不知谁家的狗从悠长的街巷中发出空远的叫声。横江之上，扁舟轻摇，如落入水中的一片竹叶。五百米之上，是高渺的齐云山。晨曦浅浅地从廊崖峰的背后泛起，越过白岳峰顶是碧蓝的天空。莲花一般的云朵随意地洒落在天空中。月华街镶嵌在赤色的崖壁上，偶尔会躲进一片轻云之中。

　　立于登封桥正中，齐云山犹如一幅巨大的山水画，徐徐地、毫无遮拦地展现在你的眼前，真实而又不可触摸。横江之畔是一片绿意盎然的竹林，林中人家炊烟袅袅升起。沿着爬升的石阶依次点缀着十三个亭台，依稀看到望仙亭在薄雾中飘起。空远的钟声从月华街传出，回荡在香炉峰上，楼上楼不知在何处。玉虚宫隐入了太虚之境，只有主峰的崖体在晨光中泛出夺目的赤色。

　　第一片云是从横江上生出的，低低的、斜斜的、轻轻的，在苍翠的竹梢上徘徊，掠过渔家的船儿，与炊烟合在一起。此后，云朵越聚越浓、越聚越多，缠绕在齐云山脚下、横江之上。这时候，微风渐起，吹着云儿沿着齐云山的九座山峰慢慢地抬升。六点左右，云朵爬到半山腰，横江水露出皎洁的面容；古朴的登封桥石料间，嫩嫩的苔痕也清晰可见。黑白的月华街浮在乳白的云朵上，红色的廊崖峰绣在蓝天里，灵动的横江水在脚下流淌。偶尔有不知名的鸟儿划过高阔的天际，消失在方腊寨的丛林之中。

　　每一次路过白岳，我都不曾踏入山中，只寻清晨，立在登封桥旁的枫树下，静静地看着眼前的山，几个时辰不知离去。2019 年农历八月的一个早晨，我在桥头下山的出口，偶遇一位满身沾着露水的道人，带着一个扎着小辫儿的幼童——那孩子的面色犹如火红的朝霞，便问他从何处而来。那山人指着悬在丹霞崖壁上的月华街说："月亮落下的时候，我们便从那儿出发了。"

登封桥

齐云山云雾

　　五年前的一个夏日，我从楼观台进入了终南山，与隐逸的友人一起期盼着能在紫气东来的清晨，见一位老者骑着青牛从函谷关而来。后来，我又登上了武当山的金顶，沉醉于青城山的幽空之中。2019年冬季，龙虎山的细雪还残留在我的发间，让我平添了几根华发。时至今日，我还在登封桥下，用清澈见底的横江水清洗着依然浑浊的目光。

　　回到庐州，我和友人说，等到冬日，大雪满齐云，寻个雪雾的早晨，我们躲到香炉峰的云朵里，看一看雾凇冰凌、听一听道乐清音，顺便裁一朵白云回来，给心爱的女子缝制一件轻盈的旗袍。

　　夜半梦醒时分，我在想：这轻飘的霓裳，将送与谁？

不敢写徽州

　　1987年，设立于1121年的徽州府已经更名为黄山，我第一次到徽州。偶然的机缘，我坐着乡下的中巴车，在一个浓雾笼罩的清晨，从屯溪赶往西溪南的苟洞老师家。黄昏的时候，苟洞老师拿着《金瓶梅》的明代刻本，陪我去寻找书中版画的原址。傍晚的阳光不是很暖和，但昏黄的色彩涂抹在西溪南衰败而浩大的民居上，有种说不出的凄美。这个以吴姓为主的村落，到处都是残垣断壁。西溪从村中每一个房舍前流过，在村西漫过河堤，形成一块富有生机的湿地，再穿过屯溪盆地，汇入练江，奔向深渡，形成浩渺的千岛湖。

　　那是一个深秋，苟洞老师陪着我到了呈坎、唐模、宏村，我们把盏夜谈，在老旧的古民居中入眠，这样的日子持续了十天。我对这里的山山水水从最初的好奇，渐渐变成了喜爱，乃至一种习惯性的熟悉。半夜时分，我立在南屏抱一书屋前幽深的巷陌中，恍惚之间，觉得自己曾经走过这条石板路，而且，我的家就在道路尽头拐弯的地方。这样的错觉使我坚信自己前世就是生活在这里的一个穷酸秀才，或者是一个疾速跑过小巷的孩童。

后来的几年，只要有空，我便前往徽州，用自己的脚几乎走遍了每一个村落。那几年每次从徽州回来，我都想动笔写一写徽州，但终究没有着一个字。

不敢写徽州，唯恐自己笔力粗钝，辜负了那一片大好河山。在这个黄山、大嶂山、浙岭、新安江合围的世外桃源面前，任何文字都显得苍白，任何画笔都显得无力，任何书卷都显得单薄。它们即使能倾诉出山水的形，也承载不了自晋太康元年以来的厚重文化。

不敢写徽州，是因为自己发自内心地爱徽州，爱会使我们失去理性的笔触，也会使我们内心恍惚。我似乎感觉到，浙江之畔的花山谜窟内、宏村月沼的秋水里、棠樾的牌坊群中、新安江的翠堤上，都遗落了我前世千年的爱意。我曾经力图将这些散落的爱拾起，用精致的红绳穿着，带回家中珍藏。所以，脚步再次遍及这些地方，但每次走到，都不敢惊

棠樾牌坊群

宏村民居

动那浓浓的爱意。后来，怕她枯萎，只愿她留在那里，就像春天的花朵最好开在枝头，而不是插在花瓶里。

不敢写徽州，就像中年女子不敢看自己青春时的照片，即使是白描，都会流淌出无梦的徽州。微风桃花坝、细雨昌溪街，绕不过雄村曲折的花树，剪不断塔川袅袅的炊烟，仿佛听到有人轻开兰窗，一缕暗香、一寸娇啼、一声鸟鸣，都时时缠绕着，使自己着笔的力气荡然无存，浑身空空然。

笔落纸上终无痕，是一种无奈、一种太息，更是一种守望，哪怕一切归于寂寞。

黄山归来不看岳

　　天地造物，以亿年之耐心，成就鬼斧神工、万千气象。后人观之、述之，或文字，或画笔，或镜头，皆有神来之笔、点睛之处。然纵观天下景致，唯有在黄山面前，任何画笔都显得无奈，任何文字都显得无力，任何镜头都显得无助。穷尽书海，至今为止，没有发现一篇以黄山为题材的文章，能传诵天下。

　　黄山是立体的，一年四季、春夏秋冬之间，一天十二时辰、阴阳晨昏之际，皆有层出不穷的风光。黄山是多变的，阴晴不定、风雨交替、花开花落，移步换景、一步一景，每一眼都是新鲜的。黄山是虚幻的，步入黄山，仿佛置身于太虚之境，一草一木、云海雾山，皆散发着"唯有此处才有"的气质。以至于去过黄山的人描述不出来，没去过的人留有无尽的遗憾。翻阅历史文献，自古以来，黄山从来不与三山并论、五岳共争，只静静地蛰伏在中华大地东南一隅，仿佛总是隐藏在缥缈之境，不现于世人。直至明代旅行家徐霞客的到访，黄山才徐徐揭开它神秘的面纱。

　　1616 年二月初六，29 岁的徐霞客第一次来到黄山。此日风雪交加，徐霞客凿冰而行，不久只能遥望莲花、天都两峰，抱憾而归。两年后的深秋，层林尽染之际、飞红滴翠之时，徐霞客再次登山，先后与僧人澄源、凌虚同行，"路宛转石间，塞者凿之，陡者级之，断者架木通之，悬者植梯接之"，也行也爬，莲花、天都诸峰，皆匍匐于他的杖下。

徐霞客以一己之力，凿开了浩大而雄浑的黄山，留下了"五岳归来不看山，黄山归来不看岳"的名句。然而，读遍《徐霞客游记》，一字不漏地查阅两篇《游黄山日记》，却难以觅得关于这两句的只言片语。明末清初著名学者、黄山岩寺人闵麟嗣所编撰的《黄山志定本》中记载：有人问徐霞客，游遍四海，何处最奇？答曰"薄海内外，无如徽之黄山。登黄山，天下无山，观止矣"。翻开高僧弘眉用三年时间编纂的《黄山志》，可见序言部分赫然写着："环徽皆山也，有黄山而徽无山，有徽之黄山而天下无山，何也？观止矣！"

黄山冬日雾凇（方亮　摄）

　　清末民初，歙县人汪律本在其所著的《黄山杂记》中记载了一事。黄山文殊院有一游方僧人，来自四川峨眉山。他用十几年时间，走遍华夏，尤对黄山叹为观止。汪律本与他彻夜深谈后，感叹曰："昔人谓五岳归来不看山，余谓游过黄山不看岳。善哉！善哉！峨眉僧未打诳语。"颇为契合的是，近代徽州著名学者许承尧在其徽学名著《歙事闲谭》中也记述了此事。

　　中国楹联学之开山鼻祖梁章钜在其所编著的《楹联丛话全编》中，记载了清代杭州人桑调元自题于家中厅堂之上的一副楹联。桑调元进士出身，治学严谨，曾弃官专做五岳之游，归来时，自题一联曰："六经读彻方持笔，五岳归来不看山。"

　　自明清至民国的三四百年，从《黄山志定本》《黄山志》《黄山杂记》到《楹联丛话全编》，高僧大德、儒家先贤乃至楹联鼻祖，都为脍炙人口的"五岳归来不看山，黄山归来不看岳"贡献了自己的智慧，直至假借徐霞客之口，名人之效应，使得这平实而富于魅力的两句传遍海内外，以至于成了描述黄山的巅峰之句。

无梦到徽州

明清之际，江南文人士子纷纷自杭嘉湖平原逆流而上，泛舟新安江，踏入徽州地界，沉醉于"黄白之游"。

"黄"者，黄山也，历来被文人墨客誉为"天下第一奇山"，有"五岳归来不看山，黄山归来不看岳"之说。"白"者，白岳也，因山与云齐而又名齐云山，被乾隆皇帝盛赞为"江南第一名山"。

日出齐云山

文人在所到之处题诗作画，是再自然不过之事。穷尽书海，至今为止，描述徽州，能被称为千古绝唱的，只有明代著名戏剧家汤显祖的《游黄山白岳不果》。

游黄山白岳不果

序：吴序怜予乏绝，劝为黄山白岳之游，不果。

欲识金银气，多从黄白游。

一生痴绝处，无梦到徽州。

不果者，未能成行也。序言部分交代了汤显祖的好友吴序因同情诗人的生活穷困潦倒，劝他去一趟徽州，拜会某人。然而，细读下去，便会发现，诗人为保持其坚贞的气节及独立的人格，用坚定而决绝的口气拒绝了：即使此生走到无路可走的地步，不要说附会权贵，就连做梦也不会梦到徽州的，因为徽州充满了腐臭的金银之气。

汤显祖出身于临川的一个书香门第，二十一岁时高中举人，其后会试，因不屈从于首辅张居正，一试、再试、三试均不中。1583 年，汤显祖第

徽州古城谯楼

四次参加会试方赐同进士出身，主考官为徽州府歙县人、武英殿大学士、太子太保许国。按旧制，汤显祖当为许国门生。然而，汤显祖耿直而率性，自小受故乡先贤象山先生陆九渊的学术影响，早年曾拜师于泰州学派的罗汝芳，痛绝程朱理学而推崇阳明心学，于1591年上书《论辅臣科臣疏》，严词弹劾首辅申时行及恩师许国。他因此而得罪当朝重臣，被一贬再贬，直至辞官回乡。郁郁寡欢的汤显祖因好友吴序劝说他到徽州拜会曾经的业师许国而留下了"无梦到徽州"的名句。

颇为蹊跷的是，作为戏剧家的汤显祖，其作品也是以梦而名，《还魂记》《紫钗记》《南柯记》和《邯郸记》被后人合称为"临川四梦"。"临川四梦"字字体现着一种"尊情、抑理、尚奇"的价值观，与当时所谓的正统理学背道而驰、大相径庭，也体现了作者恣意不拘的个性特质。汤显祖有云："盖唯有至情，可以超生死，忘物我，通真幻，而永无消灭。否则形骸且虚，何论勋业；仙佛皆妄，况在富贵。"梦为虚幻之境，人生诸多不如意，大多可以假借梦境来扭转。然而，不知他人如何，汤显祖的临川之梦总是给人以没有一点暖色调，只是黑、白二色的感觉，充满悲情与无奈。这是临川之梦一以贯之的风格，故而汤显祖也被冠以"悲剧大师"。

1616年，一颗流星划过临川夜空，归隐田园十八年的汤显祖溘然长逝。同年春天，文艺复兴时期伟大的诗人、剧作家莎士比亚长眠于斯特拉福德镇的圣三一教堂。从此，中华大地在理性的禁锢中，开出了浓情之花；人文主义与理想主义之风，吹过英吉利海峡，晕染了整个欧罗巴。正如当代剧作家田汉所言：

> 杜丽如何朱丽叶，情深真已到梅根。
> 何当丽句锁池馆，不让莎翁在故村。

不尽徽州十二时

子夜时分，三更天，黟县木坑，一个翠竹环抱的古村落已然沉睡。月光随溪水四处漫延，山风渐起，从竹梢上荡过，激起一层层竹浪，竹涛如海。丑时四更，下弦月清光如水，淡淡地渗入呈坎贞靖罗东舒先生祠镂空的窗格间，洒在金丝楠木的廊柱上，融入描金的雀替与斗拱里，寂寥无声。

鸡鸣的五更天，寅时时分，天光微微，休宁万安老街的木榨坊里，手艺人开始了千年不变的一天劳作。这些木榨坊远离村落，榨油的劳作声回荡在空旷的田野中，而油香却弥漫至老街的深巷，数日不散。卯时已到，徽州大地初醒，祁门县燕山顶上，松涛阵阵，聚集着八方游客。他们蹲守至半夜，期望在日出的瞬间一睹燕山云海的奔涌。

辰时宜食，天光大亮时，婺源清华镇彩虹廊桥内，村民们捧着饭碗，三三两两地斜依在美人靠上，以外人难以听懂的徽州方言拉着家常、叙着闲话，绵软的话语与桥下的流水一样轻缓。这个建于南宋年间的风雨桥因"两水夹明镜，双桥落彩虹"的诗句而得名为彩虹桥，八百年来，虽饱经沧桑，却未曾残败，依然承载着往来的行人。

　　巳时日浓，新安江在歙县深渡镇掉头东去，拐了一个九十度的大弯，形成千年古渡。时光无情地带走曾经的繁华，只留下斑驳的石阶、漫飞的水鸟。此时阳光温暖，你可以租一条渔船，呼上三五好友，泛舟新安江，直至街口，进入浩渺的千岛湖，尝一尝砂锅鱼头。轻舟过处，百里山水画廊尽收眼底。

　　溯源新安江，横江与率水相交处，屯溪老街，日上竿头，正是午饭时。百年老字号"汪一挑"的馄饨，热气腾腾的，令人垂涎欲滴。悠长的深巷中，传来毛豆腐的叫卖声。街边的中华田园犬眯着双眼，半睡半醒。

　　未时午睡醒，睡眼蒙眬中，走进黟县南屏村的水口林。武陵桥上爬满了青苔，桥体如玄铁般黝黑。巨大的松林中，有一飞檐凉亭，名曰"五松亭"——"南屏山下南屏村，五松林中五松亭"。落叶随着清风，漫卷入清凉的林间小道，这时似乎有人在远村的巷口，呼唤着你的乳名。

田畴交错

阳产土楼

　　清明前的某日申时，黄山区猴坑村的茶厂里，上午采摘来的新鲜茶草等待着杀青。这里是国家地理标志产品太平猴魁的原产地。千百年来，徽州的茶农们坚守着祖传的手工炒制技艺，以执拗的精神维系着太平猴魁、黄山毛峰、祁门红茶隽永的韵味。

　　日落西山，倦鸟归林。酉时辰光，田畴中耕作的农夫收拾好农具，牵着耕牛，在白鹭的鸣叫声中，相伴稻花的芬芳，去往远处的黑白村落。村前参天大树下，有农人用徽语唤回水面上的鹅群。鸳鸯觅着食，麻鸭在溪水中振翅欲飞。

　　戌时黄昏，夕阳只留下柔和的色彩，涂抹在歙县阳产的土楼上；炊烟缓缓升起，昏黄中透出无限的生机。这个用山中黏土夯成的清代建筑群有着不同于徽州粉墙黛瓦的明黄色调，悬在半山腰，随着山势，层层错落又层层累叠而上，淹没在一片苍翠的竹林里，消失于茂密的水杉丛中。

　　二更天，人定花落，旧时昏暗的酥油灯已点起，灯光闪烁在浩大的

农人归家

民居里，人影幢幢。堂屋的香案上，东边摆放着青花瓶，西边直立着古铜镜，中间横置着罗马钟，表达着"东平（瓶）西静（镜）""终生平静（钟声瓶镜）"的愿望。夜来香在屋后的池水中已然开到一半。

君来徽州，十二时辰，还需一一体会，在阳光与月色的交替中感受千般万般的变化。唯愿某一瞬间，唤醒你记忆深处的种子，催发你似曾相识的感觉，如此，你便如南燕归来，真正地融入徽州了。

地分四极溪见底

古徽州本为山越之地，山隔险阻，"不纳王租"。北宋宣和三年，徽州府设立，"一府六县"的行政格局大致形成。

徽州四域，东连浙江昌化、临安、淳安及开化，与富庶的杭嘉湖平原融为一体；南接江西浮梁、乐平、德兴等地，遥望大泽鄱阳湖；北向青阳、旌德、宁国，与佛教圣地九华山遥相呼应；西交石台、东至，可倾听大江西来的奔流之声。徽州整体呈楔形，嵌入皖、浙、赣三省交界处。黄山、天目山、五龙山、白际山张开臂膀，环抱着古徽州，形成与世隔绝的态势。群山以"藏"与"拙"的气韵，涵养着古老的徽州大地，渐渐孵化出气象万千的徽文化。

绩溪县荆州乡石灰岭，徽州最东端，皖浙天路安徽境内的终点，这里是徽州人号称的"小九华"所在。此地山势突兀、涧壑深邃，群山似数条游龙奔腾。入小九华一天门，荆州水自西而东逶迤盘旋，在此回环而聚集成潭，名曰"铁斧潭"。潭畔有一山丘，状若倒扣的饭钵。丘顶有一峭石，高 39 米，顶端尖锐，两侧锋利，中部丰满而微微弯曲，形似关公手执之刀，故曰"关刀石"。刀锋所在，书有"万古不磨"四个苍劲有力的大字。

祁门县新安镇钱家棚为古徽州最西端，藏于茫茫的仙寓山之中。穿梭于浮梁、祁门与石台之间，尽管界碑被茂密的植被覆盖，山川大致相同，但颇为诡异的是，即便是普通游客，都能清楚地分辨出其中的差异，仿佛新安镇的空气中到处都弥漫着

关刀石

一股古徽州的气息。珠林古村，赵氏宗祠余庆堂内，国宝级文物古戏台镶嵌在仪门中。戏台正中，上方藻井的木雕风格，展现出这里与赣派建筑千丝万缕的关联。农历正月来临，仙寓山的茶园里、大北河的溪流中、浮梁的古城衙内，仿佛都有徽剧婉转的唱音在流淌。

至绩溪县板桥头乡大溪村的龙门岭，一脚便可踏入古徽州的最北端。站在岭头上，东望泾县，北望旌德，皖南川藏线盘旋于不远处。三股溪流自岭下向南分叉而去，成为水阳江、徽水河及扬之水等河的源头之一。这里夏季尤为凉爽，为安徽省著名的避暑之地，所产小黄牛，品种极为罕见，形小体壮而肉质细嫩，为冬季滋补佳品。陈家畈隶属于婺源县太白镇（因盛传诗仙李太白曾云游至此而得名，镇政府所在地青莲社居委俗称为太白司），位于古徽州的最南端。自大鄣山深处发脉的乐安河，

从太白镇南侧流过。北岸不远处，便是亚洲最大、中国第一露天铜矿德兴铜矿所在地。

徽州四域多高峰，莲花峰、天都峰、光明顶海拔均在 1000 米以上，其中，1864.8 米的莲花峰，为安徽第一高峰。新安江流域的最低点，位于皖浙交界处海拔 76 米的街口。后来，此地因千岛湖筑坝蓄水而升高到 100 米。阊江流域的最低点在祁门县芦溪乡倒湖，大北河与大洪水汇集于此后，便入浮梁。这里是神秘的安茶原产地。海拔约 76 米的倒湖村，处于江西、安徽两省的交界处，依然保留了一个古老而矮小的车站——皖赣铁路倒湖站。太白镇境内的乐安河畔海拔 21 米，是古徽州的最低点所在，意味着高山终结，迎来了广袤无垠的鄱阳湖平原。

祁门县芦溪乡倒湖

立于莲花峰顶，极目而望，绩溪板桥头、荆州，祁门新安，皆处于群山之中，唯有婺源太白，一马平川，直插赣江大地。众水奔涌而出，将古徽州冲积切割成河谷盆地。千年以来，徽人轻舟快马出徽州，贸易于天下，乐道其故土。

深山莽莽地不偏

　　璀璨的徽州文化虽源于中原世家大族的南迁，但能够以原生态样本的形式完好地保留下来，却离不开徽州山山水水的滋养。

　　徽州的山是连绵不绝的，置身于徽州的任何一个角落，仿佛都被群山环抱着。但徽州的山，无论是体量，还是绵延的程度，都比不上安徽西部的大别山，也无法与闽西、赣南、鄂西、渝东、湘西等地的山相比肩，更勿论云贵川及西藏的雪山巅峰。徽州多低矮之山，山体圆润而少峭壁。由于温润的季风气候，徽州的山总是被繁茂的植被覆盖，一年四季变换着不同的色彩；一日晨昏似乎都有飘忽不定的云雾，久久不散。

　　自先秦以降，中国的政治、经济及文化中心总是处于不断的变化之中。就经济重心而言，魏晋南北朝之前，始终稳定在中原地区；之后，开始向南倾斜。上古至北宋时期，中国的政治中心一直围绕着"长安（咸阳）—洛阳—开封"的中轴线，呈长期徘徊与摆动的态势，但始终脱离不了黄河的怀抱。先秦之际，学风弥漫于齐鲁关洛。三国至隋唐，南方学风始起。北学南渐的结果是，至两宋时期，临川、永嘉、闽学等学派风起云涌，南北之学在此消彼长中形成旗鼓相当、各有千秋的大格局。杨时别离伊川书院南去时，程颢望着弟子的背影，感慨而言："吾道南也！"

靖康之乱，四海鼎沸，宋室南迁，偏安于东南一隅，中国的政治、经济、文化中心开始大转移，其基本趋势为由北而南、由西而东，自黄河流域而长江流域。"江浙人文渊薮"，开启了一个以江南为中心的历史阶段。南宋至元明，学风盛行于江浙赣，朱熹、陈栎、朱枫林等徽州裔学界名人也登上了历史的舞台。至清代，学风始聚于徽州之地，中华大地迎来了"徽州

伊川书院内景

时代"。南宋都城杭州，虽暂定名为临安，然历经一百五十多年，终成"长安"。江南崛起，尤对群山中的徽州影响巨大而久远。徽州本属于吴越之地，清康熙六年（1667）之前一直隶属于江南省，后归于皖省。

徽人出深山，无论是通过山中的古道，还是借助于水路，都无须漫长的旅程。徽杭古道沿线的古村落，一直流传着一段民谣，曰"不慌不忙，三日到余杭"：自渔梁古坝出发，一路顺水而下，经练江、穿渐江、新安江、富春江而至钱塘，停泊于京杭大运河的起点，最长航程所需不过五日。

徽州虽处万山之中，但山深地不偏，徽人尽得地利之先。至南宋，徽州所产的山货，无须长途搬运，便可快速到达都城临安。徽商因"近

杨时创建的东林书院

水楼台先得月"，渐渐萌芽崛起，至明清时期大盛，超越晋、陕等商帮，成为"中国十大商帮"之首。

徽州之人，出可至江南，或为官或经商，尽享繁华之便；退可隐居于山中，涵养自我，绝无闹市之扰。天下财货，假借贸易四海的徽商之手，尽输于山中的故土。徽人以千年为计，循序渐进，潜心用力，凭匠人之心，慢慢营造出一个自然与人文交融的和美家园。徽州境内自然灾害不多，战争之祸也很少波及，即使到了近代，日本侵略者也未曾踏足半步，故自中原而来的原生态文明依然方正如故旧。

徽州先人之余荫，庇佑着后人；徽州文明之薪火，代代承继、代代累积，不断发展，印证着"一方人成就一方文化"的著名论断。

八山半水半分田

　　徽州境内多山、多水，唯独缺少适于耕种的田地，故民谣有曰"八山半水半分田，一分道路和庄园"——八成以上的土地为茫茫之群山，其间翠竹扶摇、水杉直立、松树连荫；溪水虽然众多，但曲曲折折，占地比例不大，只有半成左右；一成左右的土地为庄园及道路，仅剩下半成土地适合种植赖以生存、维持生计的谷物庄稼。

　　据《徽州土地关系》一书记载，1812 年左右，徽州地区的垦殖率只有 12%，而同期的安徽省平均垦殖率达到 20%。即使是这半成适于耕作的平畴，在徽州各区域差别也很大。村民们在山中树间开垦出的小块田地，一般种植玉米、花生等旱地作物。这类土地碎石夹杂，易生杂草，异常贫瘠不说，倘若遇到泥石流、洪水，会在一夜之间被毁。至于河流两旁冲积而出的小洲，徽人喜好种植茶叶和蔬菜，但夏季的一场暴雨带来的山洪，瞬间会淹没他们辛苦劳作的成果。

　　地质结构相对比较稳定、受灾程度较低的田地也零星存在，徽人一般称之为"坑""坦""盆地"。"坑"是四维群山环抱，中间只有巴掌大小的平坦土地。"坑"因土地较平，大多为人家聚集之地。诸如猴坑、汪家坑之类的地名，在徽州十分常见。"坦"，《说文解字》曰"安也"，本意为宽而平，徽州方言一般读作"但"，如祁门县大坦乡乡政府所在地虽处于群山环抱中，但平坦而宽广。

古徽州地域中最大的平地便是屯溪盆地。此处远山四合，西北角为休宁县城，东南角为歙县府城，故而多被称为"休歙盆地"。扬之水、布射水、丰乐河、练江、横江、率水及渐江等众水穿过，把休歙盆地切割成一块块丰美的良田。因此，在古代徽州，只有北来的世家大族才能聚集于此。休歙盆地也成了徽文化遗存最为丰富的区域。呈坎、唐模、棠樾、西溪南等古村落如点点青螺一般，密布于盆地之中、溪水之畔。至于小姓人家，只能迁往更远的深山，繁衍生息。

呈坎村

"前世不修，生在徽州；十三四岁，往外一丢"，是徽州地区最为外人熟悉、最广为流传的民谣。初看似乎是在表达徽人行商天下的情怀，但细读慢解，字里行间更多透出的是一种无奈、自怜与叹息。古代中国是一个农耕社会，人们赖以聊生的是土地的馈赠。然而，徽州地少而贫瘠，

南屏叶氏支祠

极不适于生存。生于徽州，多数是因为前世未修得正果。当中原广袤的平原地带十三四岁的孩子尚在父母关爱下成长时，徽州人家的少年已不得不背着行囊，为生存而四海奔走。故而，徽州人出外做生意，并非出于逐利之心。

徽人出外经商，财富积累到一定程度，便会输入故土。由于始终摆脱不了"土地情结"，徽商大量的钱财都用于购买田产。这些田产除少部分为私人所有，大多捐赠予族中，作为族田，以维持族内祭祀、办学、建祠、扶助等公用开支。故而，到了清代中后期，虽然徽州本地经济发展水平有限，但徽州的土地价格被炒得极高，甚至是江南富庶区域的几倍乃至十几倍。此外，土地被大族所垄断，一度达到了60%的集中度。于是，小族及外来的居民要么依赖于大族，成了佃户，要么走入更为偏僻孤远的深山之中，成为棚民。

如今，在休宁、祁门等地的高山峻岭之中，峰回路转之间，你就会不经意地看到一处村落隐匿在山腰的树荫之下，仿佛从土地中生长出来一般。村民异常热情，虽然话音多古语，但给人似曾相识的感觉。

千溪百水润新安

　　一滴水，无论源于何处，都可润泽生命；千万滴水，汇成大江大河，便可孕育出文明。万里长江，其支流纵横交错，奔腾不息，嘉陵江哺育了重庆，汉水滋润着武汉三镇。长江入海口，黄浦江畔的上海，因通江达海，自 1843 年开埠后，迅疾成长为中国经济的高地。雄踞中国南北要冲的安徽，淮河、长江贯穿东西全境，以生生不息的力量催生出了涡淮文化、皖江文化。

　　徽州境内多高山，黄山、天目山、白际山、五龙山、仙寓山等诸山自四维合拢而来，将古徽州分割成独立的地理单元，宛若一个巨大的盆地。出徽州群山，向北、向西，便可至安徽其他区域及江苏等地；东去，是一马平川的杭嘉湖平原；南望，便是无边无际的鄱阳湖平原。湿润的亚热带季风气候，使得徽州的群山植被繁茂、古树参天、竹海如涛。一节竹根下，一汪泉眼里，一丛箬叶间，都成了众水之源。

　　新安江，为徽州境内的最大水系。《汉书·地理志》将其及其下游的钱塘江统称为"浙江水"。新安江的南支正源率水发脉于休宁县鹤城乡六股尖，在屯溪境内与源自黟县五溪山的横江并流，始称"浙江"。

新安江深渡段

在歙县雄村镇浦口村，其最大的支流练江汇入后，方被称作新安江。其后，江水一路东去，自歙县街口镇入浙江省后，依次被称作千岛湖、富春江及钱塘江。新安江以博大的胸怀、奔腾不息的川流，润泽着古徽州"一府六县"之黟县、休宁、歙县及绩溪。

祁门县大洪岭的莽莽苍山，常年为云雾所笼罩。碧绿的茶园下，杜鹃夹岸的溪水，一路激流而下，在芦溪乡倒湖村与大北河合流，始称"阊江"。阊江出倒湖而入古城浮梁，从瓷都景德镇蜿蜒而过，在鄱阳县鲇鱼山与乐安河汇合，合流为鄱江，注入烟波浩渺的鄱阳湖。乐安河，又称乐安江，上游别称"婺江"，其正源段莘水发源于婺源县北部大庾山、五龙山南麓，穿婺源县全境。阊江、婺江流域之内，便是古徽州之祁门、婺源两县。

青弋江源出黄山北麓、黟县境内的美溪河，经石台、太平等地与麻川河汇流，在陈村水库大坝之下三里，积聚成一汪深潭。初春桃花汛时，不绝的江水吟唱着"桃花潭水深千尺"的佳句。其后，青弋江一路南下，依次穿过泾县、宣城、南陵等地，在芜湖"半依闹市半偎江"的中江塔旁，注入万里长江。水阳江发源于皖浙两省交界处的天目山北麓，主源为绩溪县板桥头乡龙丛村的西津河。青弋江、水阳江一带物产丰饶，渔歌唱晚，与南漪湖、固城湖、丹阳湖和石臼湖等湖共同滋润着古老而常新的芜湖、宣城，勾勒出皖南水网人家、田园牧歌式的旖旎风光。

秋浦河，由仙寓山一带的众多溪流汇聚而成。秋浦河河水清澈，百转千回而风光绝美，杜牧、萧统等诗人曾专程至此，诗仙李太白更是五次游览，留下了著名的浪漫主义作品《秋浦歌十七首》。故而，秋浦河

青弋江桃花潭段

被后世形象地称为"流淌着诗的河"。秋浦河沿岸密布着皖南溶洞群，大王洞、蓬莱仙洞等诡秘而幽静，举步而入，仿佛可至深不可测的地心。

徽州的千溪百水汇集在一起，或向内流入徽州盆地，或向外出高山，奔向四维的平原。自空中鸟瞰，密织成网的溪水，写意地将古徽州"一府六县"串联在一起；枕水而居的徽州人家，顺着四通八达的溪水舟楫往来，徽州因此而成了文化相融的田园。自徽州溪水之畔的古码头出发，一路顺水而下，可冲破万山的阻断、撕裂群峰的阻隔。徽人出则入江南繁华之地，入则归桃花夹岸之家，一出一入，吐故纳新之际，成就了千年的诗意徽州。

一峰竞出万山秀

　　方圆 1200 平方公里的黄山雄峙于古徽州之北，以群峰横亘、壁立千仞的气势，阻挡了北来的寒流。黄山一路逶迤，分别向西、向东穿云而过，依次经仙寓山、大历山、大鄣山等，在江西、浙江交界处与五龙山、白际山、天目山合围，环抱着古徽州"一府六县"之歙县、黟县、休宁、祁门及绩溪，营造出一片世外桃源。婺源县东北枕五龙山，西南望鄱阳湖，境内有百水千流，曲曲折折，蜿蜒而过，近 3000 平方公里的大地展现在湖山之间，生气勃勃。

　　海拔 1864.8 米的莲花峰处于天都峰、光明顶之间，为安徽省第一高峰，从黄山七十二峰的阵列中排云而出，呈一峰竞秀之势。自玉屏楼北至莲花岭而望，一条窄窄的小道通向莲花峰顶，宛若青荷的枝干，曰"莲花梗"。莲花梗悬浮在流云之中，恰似飘动的丝线，时有时无。两旁飞龙松、倒挂松等黄山奇松从岩缝中慨然而出，或呈游龙穿云之势，或呈金钩倒挂之形。高大而直立的岩石之间，小块的碎石、黄土地之中，长满苗壮而旺盛的高山杜鹃。春来之时，鲜艳的红色簇拥着坚硬的危岩，碎步而过，晶莹的露珠湿了双脚，润了心田。

莲花峰（方亮　摄）

莲花梗联结着的四座石洞，古称"莲孔"。游人拾级而上，宛若在莲孔中穿行，出洞之时，便陷入花萼之中。莲花顶上，岩体灰白，主峰突兀、侧峰簇拥，俨若新莲初开，仰天而放。月朗星疏之夜，登临其巅，但见万峰拥来、松涛涌动，顿觉天上人间，悠悠百年，只一个"空"字而已。

海拔1727.6米的牯牛降，因形似牯牛而得名，以"雄、奇、险"而著称，是黄山山脉向西的主体，古称"西黄山"，处于石台、祁门交界处。《江南通志》记载："上有三十六垣与歙之黄山三十六峰相峙，其最高者古牛冈可望匡庐（今庐山）。"向东7公里，为历山。陈硕梁《石埭山川志稿》载："（历山）高五百丈，周九十里。周界贵池、祁门、石埭。石壁峭削，中有龙池，可百亩。池右一石，高丈许，直裂为二，中擎一石如丸……其麓名货殖源，有巨石如碑立，贵池、石埭以此分界矣。"历溪自历山而下，为祁门的大北河，河洲及沿岸的茶园里，盛产"世界三大高香红茶"之一的祁门红茶。

海拔1630米的擂鼓峰，为婺源大鄣山的主峰，如利剑插云，气势磅礴。

清凉峰（方亮　摄）

《婺源县志》载："登此山巅可西瞻彭蠡（鄱阳湖），北眺白岳，东望黄山，南瞩信州（今江西上饶西北）。"擂鼓峰，休宁人惯称六股尖。山中瀑布下，碧水汇聚，曰"龙井潭"。潭水逶迤200多公里，汇入杭州龙井村外的茫茫东海。

海拔1787.4米的清凉峰，位于绩溪县、歙县、杭州市临安区两省三县区交界处，为天目山脉最高峰，系浙西第一高峰，有"浙西至巅""浙西屋脊"之称。绩溪县境内，清凉峰西坡，为国家级自然保护区所在。海拔1480米的野猪塘中，几百亩高山草甸郁郁葱葱，黄花菜正吐出新蕊，一顶顶野营的帐篷在朝霞下如朵朵散落的野花。西南部的皖浙交界处，几百年来，一条官道直通杭州。官道上，高大而坚固的昱岭关坐西朝东，横跨隘口，敌台关墙皆依山势用巨石砌筑而成。

空中鸟瞰，徽州处万山之中，莲花峰一峰竞出，挣脱了云海的束缚、苍松的覆盖，绽放在万山之中。四维青山，峰峰可数、层层环绕，呈众星拱月之势。千百年来，群山之脉及众多溪流，涵养出一个气象万千、蔚为大观的徽文化来。

三月春风菜花天

三月春风，醉是人间菜花天，徽州也步入了一年中最为写意的时节。天气晴好的日子，你可以开着车，不问目的地，一路循着油菜花的清香，徐徐而行。倘若古徽州大地沐浴在婆娑春雨中，缓缓地露出她神秘而姣好的面容，那应是你莫大的幸运——细雨下的徽州，才是真正的伊甸园。

油菜花开

　　徽州区的灵山村，明代开垦的屯田，层层叠叠菜花漫天，镶嵌在一片青色的群山中。八百多年来，灵山梯田的油菜花每年都会应时而开。青石板铺成的古道，穿梭在金黄的油菜花地中。古道的尽头，是灵山古村的水街，那里有着徽州最好的酒酿，微醺了徽州八百年。绩溪家朋，皖浙天路旁，天目山巨大的山体横亘在天地间，三百米高的门前岩犹如屏风一般直立。两个古村落，陷入梯田菜花的环抱中。一条小溪从天目山深处逶迤而来，在金黄的油菜花中清灵而闪亮地流淌着。站在梅干岭之上，鸟瞰梯田菜花，一层又一层。寥廓的蓝天，黛色的远山，黑白的人家，毫无保留地铺展在你的视野中。有村民牵着健壮的耕牛，沿着青青的田埂慢慢前行，边走边哼吟着婉转而悠长的徽曲。倘若你有兴致，从岭头走下，小心迈过溪水上的独木桥，便会步入油菜花的海洋。三月的春风虽然和暖，但可以掀起阵阵花浪，起伏于你的身边。星星一般的

花粉会在青衣上染上点点淡淡的粉黄。那些埋头啃草的耕牛，倘若与你相遇，会抬起头怔怔地望着你。一百五十公里外的婺源篁岭有着一样的梯田菜花人家。秋日丰收的季节，这个高山村落会迎来一年一度的"晒秋"。

歙县石潭，昌溪河切割出的幽深谷地，厚泽而丰润。清晨，河上的轻雾与人家的炊烟聚合在一起，慢慢爬升，渐渐淹没了坡上的油菜花地，给一片金黄抹上了一层淡淡的乳白。晨曦微露之际，岭上的野生杜鹃、岸边的翠柳、村后的竹林与院中的桃花，纷纷醒来。一时间，视野所见，令你目不暇接而无所适从。一只中华田园犬从脚下蹿过，消失在长长的巷陌。这时，偌大的茶园中，年轻女子曼妙的采茶歌悠悠地飘在垄上。日出东山之上，洒着耀眼的金辉，田畴里的油菜花显得更加明黄。晌午时，去石潭不远，爬过三公里曲曲折折的小道，可见阳产村悬在半山腰。

新安江百里画廊（方亮　摄）

这是一个不同于徽州粉墙黛瓦的古村落，清一色的夯土建筑，保留了黄土的本色；油菜花地高高地挂在更高的坡上；无数棵合欢树吐出嫩嫩的新叶，使得金黄更加金黄，碧绿更加碧绿。

黟县茅山岭，黄山松散发着阵阵松香，桃花枝枝泛红，棠梨朵朵蕊白。柯村谷地一马平川，几千亩油菜花正是绽放时，营造出一片金黄的世界。黑白的人家、高高的樟树、溪上的廊桥只是点缀，偶尔有一小块白色花朵泛起荞麦花的芬芳。早起的农人也如蚁行一般匍匐在高高的油菜花里，随着翻滚的花浪，或隐或现，若有若无。休宁县呈村降，沂源河在此画出一个巨大的圆弧，绕村而过。村落静静地蛰伏于青山与清溪之间。河洲之中，二十来亩椭圆形的田畴尽是油菜花地。河边杂树丛生，野花点点；穿过一片芦苇地，便是不尽黄花香。

自歙县北岸，沿着江边，一路东去，便入新安江百里画廊。早春三月，三潭枇杷的枝头挂满新果，江边染上新绿。依水而居的人家，散落在一块块油菜花地旁。断断续续的金黄，绵延百里而不绝，或依偎在竹林旁，或寂寞在橘园中，却遮不住那勃勃生机，与青山绿水一起，不知何时老去。

三月，君来赏花，只要踏入徽州域内，无论高山之中、清溪之旁、梯田之中，总是有意想不到的惊喜，哪怕拐过一座古旧的民居，也可瞥见一片金黄。徽州人家，种田耕地，只是生计。那些田畴中的油菜花不为谁开，也不为谁落，只为初夏的时节，徽州古老的木榨坊里，飘满菜油的清香。当生活就是美时，你会在不知不觉中永远牵挂徽州。

杜鹃花落子规啼

每一株杜鹃都愿意生活在野外，因为那里是它原生的家园。英国苏格兰埃克斯伯里花园中近 1600 亩的河畔沙土地被园主——世界著名的金融家莱昂内尔·罗斯柴尔德——花费十年时间全部换成酸性土壤，用来培植来自中国的高山杜鹃。1919 年，英国著名的"植物猎人"乔治·福雷斯特在中国云南的高黎贡山海拔 3000 米的密林中发现了后来被称为国宝的大树杜鹃。

青藏高原的嘎玛沟，海拔 4000 米以上的高寒地带，堆满冰川碾压成的碎石子，几乎寻觅不到一株植物。然而，每年初夏，几乎一夜之间，这里染满了各色杜鹃——它们已进化成垫状植物，根与根相连、枝与枝相接，簇簇抱团，匍匐在贫瘠而荒凉的山脊上，只为一季的绽放。贵州毕节，连绵五十公里的群山，每年暮春，铺满了各色野生杜鹃，鲜红、粉红、紫色、金黄、淡黄、雪白、淡白等姹紫嫣红，万朵集于一株、一枝开满七色，共同营造出了世界最大的天然花园"百里杜鹃"。

杜鹃花，古称"山踯躅"，民间俗称"映山红"。相传古蜀望帝杜宇殉情而死，后化作杜鹃鸟，夜夜悲鸣、滴滴啼血，染于杜鹃花瓣。每

溪水之畔的杜鹃

年春来时，杜鹃盘旋于山野之上，口中鸣叫"不如归去"。此时，恰逢农家田中撒种育秧，故它又被称为"布谷鸟"。白居易在《送春归》中有言"今年杜鹃花落子规啼，送春何处西江西"，其中的哀愁，催生出了南唐后主李煜"一江春水向东流"的无奈。

每年四至五月，海拔 1300 米以上的黄山之巅，玉屏楼、北海、西海、散花坞、始信峰一带，野生杜鹃竞相绽放。殷红的、梨白的、杏粉的，顶着初露，与黛色的山岩、乳白的云海、和暖的春风交错在一起，一尘不染地展现在你眼前。每棵杜鹃枝头，数十朵花儿齐刷刷地簇拥在一起，上下错落、左右堆蕊，随风摇曳，呈巨大的伞状。古徽州府城郊外的桂林镇紫金山，野生杜鹃在满是绿色的灌木丛中不时冒出鲜红的嫩蕊。山下扬之水蜿蜒而过，每年霜降过后，甘蔗茁壮地长满河畔的沙土地。

　　黟县宏潭乡境内，一座高大的山体，为新安江北支正源，因竹溪、佘溪、东边河、舒家溪、漳溪五条溪水自此发脉，故曰"五溪山"。海拔1227米的主峰三府尖之下，每年五月，已是处处落红，400亩的野生杜鹃在一片高山草甸中却刚刚吐出新蕊。傍晚时分，夕阳悬在山头，大地一片明黄，不知是杜鹃染红了夕阳，还是夕阳留恋着杜鹃。泛舟溪上，不时有枝枝杜鹃从一片兰草中、一节竹根下，乃至一块危岩后，羞羞地露出芳容，倒映在水中，染红了水面，与你一路相伴，直至弃船登岸。更为高远的歙县大光明顶，主峰搁船尖海拔1481米，危岩林立，峰林密布。一株株野生杜鹃却从贫瘠而坚硬的岩体中慨然而出，仿佛绣在蓝天中。

　　徽州的群山中，自隋唐以来，蔓延着一条条青石板古道。这些古道两旁长满野生杜鹃，弥漫着阵阵花香。徒步其中，花随人开、人随花行，花粉会不时沾上你微湿的衣裳。徽州的"杜鹃古道"值得一去的大约有三条：祁门县燕窝里村后的大洪古道，休宁县的五龙山古道，北黄山之上的箬岭古道。

屋前的杜鹃

　　"蜀国曾闻子规鸟，宣城还见杜鹃花。一叫一回肠一断，三春三月忆三巴。"浪漫主义诗人李白的诗少见如此哀怨和忧伤，读来令人肝肠寸断。可是，杜鹃啼血的悲悯，是无法用语言表述的。望帝杜宇化作子规鸟，盘旋于春日大地；英国"植物猎人"福雷斯特，长眠于高黎贡的群山之中；中国远征军子弟的忠魂，倒在了大树杜鹃之下。然而，子规啼后，杜鹃花落，徽州大地将迎来一年中最为繁盛的初夏，田中的稻谷颗颗饱满，杯里的绿茶片片飘香。

第三章 一姓从来住一村

七日一徽说 / 不敢写徽州

一姓从来住一村

徽州深山大谷，村落镶嵌其中。徽人遵堪舆之理，一人号令，举族筑村。村落依山傍水，呈"枕山、环水、面屏"之态势，坐拥山水之利，历经百年而不衰。

徽州古村大多北枕高山，面向南方。房舍东西铺展，围绕水道对称排布，沿山势层层而上。溪水蜿蜒穿村而过，在村头聚集成湖。廊桥横跨溪上；湖畔多植佳木，古松、银杏、红豆杉常绿茁壮，书院、寺庙、亭台楼阁散布其中。村人在溪水潺潺中，日出而作，日落而息。南望之群山，逶迤连绵、高低错落，融合于天际线，似臂膀抱村而来。群山与村落之间，是一望无际的田畴，村民四季耕作于此。文峰塔中，一杯清茶、两卷闲书，远山黛色尽收眼底，村郭烟树汇聚脚下。

"朱陈聚族古风存，一姓从来住一村"，中原而来的世家大族，大多聚族而居。明清之际，徽人相遇，只问居于何处，从来不问姓氏。宏村汪氏、南屏叶氏、西递胡氏，此类的单姓村落居然有九成之多。源于中原的厚重文化，使得徽人将择地而居视为常态，将"天人合一"奉为信条。山有竹木之秀，谷有清静之幽，河有曲折之美。村人居此，春能赏山花烂漫，夏可避林木之荫，秋可收丰美之实，冬能享闲时愉悦。

　　徽州古村落，半数藏于河谷之中，虽走近而不知入口。高大樟树之下，花道藤径曲曲折折，突然间豁然开朗，跃入眼帘的是，马头墙层层叠叠，细瓦如鳞、粉墙入黛，青山为背景，倒映在溪水中，排云而来，水中岸上，亦真亦幻。村中幽巷，逼仄而没有尽头，倘若步入，徐徐几步，便不知来路，也不知去途。这时随意敲开一家门扉，皆会有飘香新茶相待。与村人夜话，虽不知徽语所云，但可感其中意蕴与古巷、古街、古民居浑然一体，恍惚间仿佛时空交错，往年曾经来过。

龙川溪

　　入夜，绩溪县瀛洲镇龙川村一片寂静。龙川溪自龙须山深处而来，穿过每一家门前，在"江南第一祠"前汇聚成潭。星光下，有睡莲初开，甘露初降。祠堂礼门五凤楼的飞檐上，挂着浅淡的新月。晚来的风吹着竹海，竹浪翻涌。如豆一般的渔火飘在村头的登源河上，有渔人下着竹笼，哼吟着徽曲，期待明日晨曦下跳跃的鱼虾。两座青石板铺

五凤楼

就的石桥跨溪而过，延伸至巷口。仅容一人而过的小巷中，传来女子推开兰窗的清脆声。村后的半山腰，龙峰书院里，灯火中，童子们诵读着昏黄的书卷，摇头晃脑。先生虽正襟危坐在案前，却与白果树上的归鸟一般，有浓浓的倦意。

　　择一村而居，伴溪水入眠。房前菊花、屋后篁竹，篱上南瓜熟、树中鸡高鸣。养二三儿女，教一大群子弟，忙时耕种，闲时读书，与春风秋叶一起老去。

生趣盎然象形村

　　徽州人造村，遵循堪舆之理，强调依形就势，崇尚人与自然和谐共生、天人合一，故村庄多"枕山、环水、面屏"，且呈各种形状，或鱼形，或船状，或棋盘样，生动活泼、趣味盎然。其中还隐含着家族文化渊源以及吉祥美好之意。若至徽州古村落，应寻村舍近处一高山登高而鸟瞰，村形布局，清晰了然。

　　塔川秋色乃徽州最美秋景之一。深秋之时，乌桕叶火红，银杏树下落金满地，黑白村舍间秋柿若灯笼。此村枕黄堆山，面向戚墅湖，人家顺着山势层层筑建，一层高于一层、一层少于一层，峰下绝壁处孤悬一间，远远看去，犹如塔形，故曰"塔川"。

　　世界文化遗产地黟县西递位于西递谷内，为明经胡聚居地。明经胡族人长期经商，其中翘楚者胡贯三，以善于经营闻名，为"江南六大富商"之一。因此，胡氏建村，其形当利于搏击商海。西递村乃船形村，以村头胡文光刺史坊为船帆，两侧青山为船舷，七哲祠为眺台，房舍为船舱，有"直挂云帆济沧海"之气象。号称"徽州风水第一村"的屏山以及泾县查济古村皆为船形布局。

　　练江之畔，渔梁古坝旁，古街巷陌如鱼脊，铺地卵石若鱼鳞，两头小而中间宽大，状似鱼形。正月之时，新安江畔、浦口以南，深山谷地中，洪姓人家聚居之地，新梅绽放，漫山红艳。从山顶鸟瞰，村头狭小若鱼头，村中开阔如鱼腹，村尾人家房舍两边分开呈鱼尾状，加上洪姓人家千年来以卖花为生，故乡人习惯称此村为"卖花渔村"。

　　婺源豸峰村躺在河谷中，远远望去，弧形道路闭环合围村舍，活脱脱一个巨大的铜锣。为免铜锣裂开，村中小巷无一直道，弯弯曲曲，似乎没有尽头。百米之外的豸下湾，犹若鼓槌长卧。与徽州他处民居多天井不同，豸峰村人家没有一个天井，盖因天井洞开，犹如铜锣破口。

　　深秋之日，霜降之时，绩溪县石家村被一片菊花簇拥着。村头桃花溪流水潺潺，将村落与外部隔离开来，俨如楚河汉界。元末石姓人家自歙县迁入，八百年来，世居于此。因先祖石守信为北宋开国大将，常常与宋太祖对弈，整个村落布局严谨若棋盘。三条经线、五条纬线，笔直穿村而过，绝无一处弯曲。巷陌尽头，皆置闸门，白天开启，夜晚闭合。

卖花渔村（方亮　摄）

石家村小巷

经纬相交处，便是公用设施所在，或置石条长凳，或悬过街骑楼。房屋整齐划一，四四方方如兵营。村落正中，宗祠所在，乃帅府。祠前半亩方塘，中央有人工堆出的正方形塘墩，墩上植有一棵古柏——塘水似印泥，塘墩乃帅印，柏树为印把。登临村后旺山顶峰，俯瞰石家村，可见魁星阁立于村前，村中处处是成熟的石榴果实，村里巷陌皆以青石板铺成。

象形村，中华大地处处皆是，徽州尤多，其中不同，大约在于有意为之还是无意为之。徽州大族，文风昌盛，巨贾众多，族人为祥瑞之形，合族聚力而为，一年不成，十年为继，直至百年，终成万千气象，绽放于青山绿水间。

一村蛰伏众水绕

徽州古村落大多北枕高山，南向田畴。山中古树参天、野花烂漫、绿草如茵。竹根之水自丛林深处逶迤而来，四季不断，一路涓涓，兰草伴行、茶园夹道。

农人引水进村之地，乃"众水入处"。水入村后，分为三支：一支穿村而过，呈"之"字形，一来夏日可抵御汹涌而来的洪水，二来可避开北风灌入而藏风纳气。徽人沿溪而居，水雾烟树中，村舍高低隐约，左右对称。另外两支东西环抱，绕过村郭外围，使得整个村落呈环水之势。

三水蜿蜒，游走写意，在村东南合流，或转向东去，或汇集成湖。溪水转向之处或所汇之湖即"众水出处"。

水口者，众水出处、众水入处也。水入之处，多隐蔽于村北，为外人不晓。村东南水口，入村必经，为世人熟知。于是，徽人便于溪上建桥，水中植莲，堤上种树。桥曰画桥、武陵桥、水安桥，莲有红莲、白莲、睡莲，至于堤上之树，雄村古坝有十里桃花，宏村南湖有百步垂柳，西溪南雷堨有月夜枫杨。

　　徽州水口林，大多位于村落入口，将村落与外界隔离，是儒家含蓄的审美观在徽州造村艺术中的体现。水口林无论大小，皆广植乔木，四季色彩繁华：春来青色漫阶，夏至绿意盎然，秋归红枫若火，冬临雾凇雪白。村人聚集于此，或诵读诗书，或休息纳凉，或陶冶情趣，或怡然自得。水口林中一草一木，皆不可砍伐。枯株朽木，只许鳏寡孤独者，拾归为薪。

宏村水口

　　高大而茂密的水口林，亭台楼阁镶嵌其中，水榭家庙矗立其里。因徽人好儒，徽州文风昌盛，故世家大族所居村落的水口林中大多有文峰塔或魁星阁。它们笔直高耸，冲出林木遮蔽，直逼云霄。

　　雄村竹山书院内的文昌阁，建于清代初期，整体呈八角形，雕梁画栋，五层重檐，南面高悬"贯日凌云"之匾额。阁中神龛供奉圣贤，檐下风铃清音悦耳，藻井绘有"三凤朝阳"。登临其顶，小南海若青螺，练江如带，远山似画。文昌阁入口，楹联高悬，曰：

西溪南水口

> 司禄籍于蕊珠　碧彩奎芒　散出飞云楼阁
> 晤文星于碎月　天光云影　收回活水源头

其中暗含以科举出人头地、腾达于四海，用文章崭露头角、比肩于文公之寓意。由此可见，此地无愧为"父子宰相""四世一品"的魏武曹后裔聚集之地。

徽州水口园林善借青山之势、绿水之形、烟树之色，简约而自然；虚实结合、动静相宜。四时雨露、晨昏飞云，皆为其景；阵阵松涛、鸡鸣犬吠，皆为其声；潺潺溪水、渔火萤光，皆为其韵。徽人行走其中，谈笑闲聊，恬静舒适；来客漫步其间，恍若隔世，不知归时。

一湾深泓映徽州

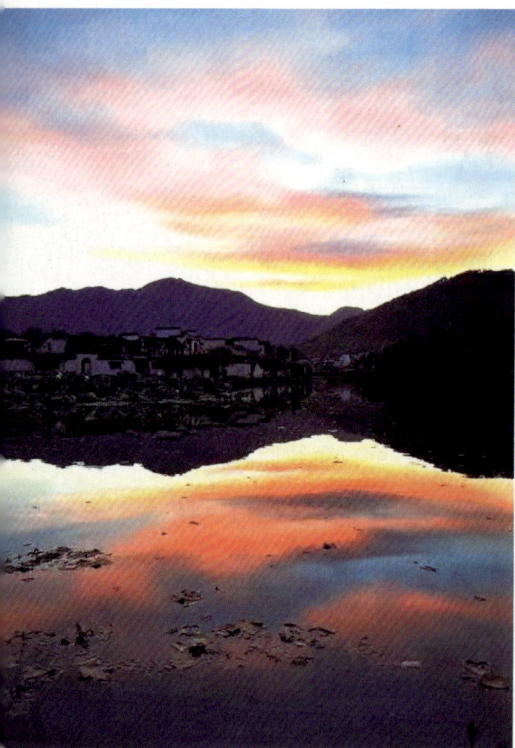

宏村暴雨后

徽州的溪水，大多源自深山之中，一丛翠竹下、一弯冷月里，汩汩而出、淙淙而下、悠悠而来，清澈见底。溪涧两岸，绿草茵茵、兰花间生、桃林夹道。细流曲曲折折地绕过每一户徽州人家，或在拐弯处沉静下来，舒缓从容；或于幽深处聚集成潭，不波不兴。徽人缘溪而居，溪边人家、水上古桥，四季变化、十二时辰轮转，日出而作、日落而息的日子，都被一湾深泓呈纳下来，成了水中的徽州。

夏日暴雨过后，宏村南湖一片宁静。天空被晚霞烧透，或淡或浓，倒映在湖中，一览无余，明媚而又诡异。画桥躺卧在风荷中，白鹅慢浮在霞光上，湖畔的银杏树郁郁葱葱。南湖书院中，孩童们的诵读声，打破寂寥，与水波一起震颤。五百米外的月沼，与蓝天融为一体。月沼的水波中，马头墙斑驳陆离，大红灯笼若隐若现。一只不知名的小鸟，箭一般地掠过水面，波纹即刻兴起，将一切又重新折叠进昏黄里，仿佛它们不曾出现过。

秋日的晌午，阳光正浓，白菊簇拥的绩溪县石家村，空气中流淌着菊香。村中有一塘，形如帅印，灵动于石氏宗祠前，半池晚荷半池水、一棵青松立墩中。岸边人家浅淡雅致，村民们都下地劳作去了。帅印塘的水，纯净得几乎空然。翠绿的松柏、黑白的人家、瓦蓝的天空与寂寥的村落，在无人的辰光一起沉入水中，营造出一片水下的世界，美轮美奂、似有似无，仿佛容不得一丝秋风拂过，吹皱这短暂而精致的存在。

凌晨五点，西溪南村的雷塌，晨曦斜斜地穿透枫杨林，落在绿草地上。几头黄牛正埋头啃食着，不时昂首哞叫，悠扬的叫声笼罩着塌上的

水映石家村

独木桥。着长裙的女子，放下油纸伞，于桥上独立，举目远眺。水面上，昨夜盛开的睡莲入梦去了；水下，荇草、子子顺着流势漂动。阳光投射在雷塌上，四围深绿的枫杨倒映在水中。陆地与水下的树儿，根与根相连、枝与枝相接，不知哪一棵在岸上，哪一棵在水中。岸上的人家映在水中，只有色彩与轮廓，觅不得确切的样子。即使莫奈在世，王摩诘再生，也难以描绘出这迷幻的景致。

初春的黟县卢村，羊栈河静流，被村头的卵石坝拦成浅浅的一湾。高高的河岸下，明亮而富有生气，阳光将岸上的世界投射在水中。早起的农人、绽放的红梅、空中的飞鸟、冰冷的石桥都一一清晰地倒映在水中，河中的世界无边无际、深不可测。此时，群鸭的嘎嘎声、女子的捣衣声才慢慢地把你拉回，阳光蜂蜜一般地明黄，暖暖地照着你。

水中徽州，无声而有色、清浅而幽冥，时时都在，却是寻不得、觅不到。但只要清溪不断、绿水长流，青山常在、阳光依旧，一片微风间、一弯晓月下、一池风荷边，它们都会不经意地乍现，闯入你的眼帘，让你木然，屏住气息，一步不敢移。

细雨春分堂前燕

春分时节，徽州的群山被细密的小雨笼罩着，油润如酥，随处都可以听到雨打新竹扑簌簌的声响。"春分有雨家家忙，先种瓜豆后插秧"，万物复苏中，徽州农家也进入了一年中最为忙碌的季节。田间地头、悠长小巷乃至大樟树下，到处都是匆匆的行人——人们穿着蓑衣，戴着斗笠，牵着耕牛，相见时，或颔首浅笑，或淡淡问候，便各自忙去。

此时，更为忙碌的却是那南来的燕子。徽州人家向来把燕子视为祥瑞之鸟，农历二月二刚过，家家都会打开正门的摇头窗，等待着去岁的旧燕成双成对而入。一日清晨，燕子会在晨曦中欢快地展开剪刀一般的尾翼，斜斜地穿过天井，找到熟悉的旧巢，便忙碌开来：在堂前与田野之间来回穿梭，一次次衔来刚刚解冻、细腻温软的春泥，一口口地修筑着自己的家。于是，徽州人家的堂前比什么时候都显得热闹：快步进出的村民，头顶上伴飞着衔泥的春燕；中华田园犬也会跟在主人的身后，偶尔昂首而叫，吠声回荡在幽深的天井中，久久不散。

不到两个月，芒种过后，夏至来时，燕巢里便会有几只新添的雏燕，于是，小小的燕窝有被胀满的感觉。一天之中，不论什么时间，只要父母出去觅食，雏燕都会叽叽喳喳，张开嫩黄的小嘴，急不可待地等待喂食，仿佛从来就没有吃饱过一般。堂中吃饭的小孩会昂着头数着燕子，有时候，看着它们饥渴的样子，恨不得用筷子从碗中挑起雪白的米粒高高地抛向燕巢。因为生活在同一屋檐下，常常有污秽从空中滴下，沾在孩子的花衣上。孩子们从来也不知嗔怪，只是口中嘟哝一下，用山泉水洗净，继续在天井和暖的春光中唱着"小燕子，穿花衣……"，应和着巢中雏燕的嘤嘤。偶尔也会有心急的雏燕蹿出窝来，落在堂前的泥地上。老燕焦急地在雏燕头上折返飞着，力图阻挡一旁觊觎的黑猫。孩童们围着毛茸茸、肉乎乎的小燕子，不知所措。等到大人归来时，才会用木梯将小燕子送归巢中，燕子一家会用整齐而欢快的鸣叫回馈主人的善举。

堂是徽派民居厅堂的俗称。徽州人家，无论贫富，厅堂几乎有着一样的摆设。正中固定摆放着八仙桌，两旁是太师椅。一家人吃饭的时候，添一两只凳子，家主端坐在太师椅上，侧着身子夹菜，古板中透着一股说不出的诙谐。墙上总是挂着一轴山水画，两旁的楹联古意悠远，书法有度。中堂画的下方，一律摆着一张长

徽州人家堂前

100

条几案，徽州民间一般叫压画桌。几案上方，东边陈放着细长的古瓷花瓶，西边陈列着木雕底座的古镜，中间是一座罗马古钟，寓意"东平（瓶）西静（镜）""终生平静（钟声瓶镜）"。旧时徽州人家的男子常常出外经商，倘若返回，便会将帽子斜挂在花瓶口，村中其他的成年男子见了方可踏入，否则是不宜进入只有女眷的宅中的。

徽州民居的堂前有着四方的天井，春雨微微、夏风习习、秋阳暖暖、冬雪飘飘，于是，天井成了徽州人家共有的空间。明堂之中，几案之下，妇人们择菜筛豆、看护婴儿，唱着摇篮曲、拉着家常，声音低沉而婉转。男子们读书下棋，吃酒议事，有时会争得面红耳赤，甚至不欢而散，然而，一夜过后，第二日清晨见面，感情照旧，仿佛一切都被丢入那沉沉的黑夜中去了。

夏日来时，天井清凉，赶走贴地假寐的老狗，放上竹制的摇摆椅，一把蒲扇，两杯清茶，随时都可以入眠。冬日的徽州，天气湿寒，堂中的女子或怀中深抱着火熜，或浅浅地蹲在火盆上。偶尔会听到花生的爆裂声、红薯烤焦的吱吱声，堂前屋内顿时飘满了浓浓的香气。"手捧苞芦馃，脚下一炉火，除了皇帝就是我"，这句在徽州地区流传甚广的民谣，透出一股自信、自得而自在的逍遥。

深秋之日，徽州山中盛产的旱地作物，红的辣椒、黄的南瓜、白的萝卜、金的玉米以及五颜六色的豆子被均匀地摊薄在竹编中，于骄阳下暴晒，这便是年复一年的"晒秋"。空中鸟瞰，这犹如粉彩的涂鸦，黑白人家也因充盈丰收的喜庆而生机益然。人们在万物毕成中，气定神闲，等待着漫长的冬季到来。此时的雏燕已早早地换上了油光水滑的羽翼，即将又一次朝遥远的南国飞去。

云吞木梨硔

　　凌晨三点四十八分，一只雄鸡粗壮的鸣叫声划破了休宁县木梨硔村清凉而寂寥的晨光。朦胧中，群鸡和鸣，声音此起彼伏，迎接着新的一天。

　　五分钟后，一切归于寂寞，只剩下随晨风而起的竹涛声。四点整，透过花窗的缝隙，忽见一颗流星从村子南方的天空中划过，迅速消逝在西边的古树群中，随后天际无垠，仿佛什么都没有发生。

　　主人家用徽语低低地唤我："该起来看云海了！"主人家姓詹，祖上从婺源迁来，在这片茂林修竹中已经繁衍生息了不知多少代。昨天傍晚来时，我们从山脚下顺着村北青藤与硬木缠绕起的阶梯，缓缓而上。走过五百米的茶园、三百米的杉木林，穿过八百米翠竹簇拥的隧道，可见一段斜斜的青石板路高高地插向村中间的平台。借着微微的霞光，主人家指着村西的两棵古树说："一棵是苦槠，一棵是刺槐，都有五百年以上树龄了。"

　　拉开门闩，门轴碾过黟县青门槛石，发出一阵吱吱呀呀声。门外是一条东西走向的长廊，半面是黄土路，沿着人家的屋墙；半面是杉木板路，覆在下层人家的屋顶上。长廊悠悠地穿过每一户，随着山势层层叠叠，起伏蜿蜒，之后在清晨的混沌中，没入黑暗，似乎没有尽头。

向东走去，苦竹尖上已泛出鱼肚白；启明星熠熠生辉，仿佛在山尖上跳动。两山之间，溪水潺潺。青石堆砌的石坝夹在谷中拦住溪流，便成了村民们所说的"碇"。清水已慢慢溢出水洇，在二十余米长的"碇"上浅浅地铺了一层。漫步过去，凉了足底，湿了衣裳。

三里的上坡路，尽头便是观景台。站在台上，隔着河谷遥看西北边，海拔二百米的木梨碂古村落一览无余地铺展在眼前：村落位于山顶，建在三座高低错落的平台上，坐北而朝南，有近五十户人家。村舍粉墙矗矗、鸳瓦鳞鳞、棹楔峥嵘、鸱吻耸拔，仿佛驶入云海的帆船。

旭日缓缓升起，乾坤一派明朗，柔柔的光线涂抹在木梨碂的粉墙黛

木梨碂之晨

瓦上。沂川河巨大的谷地匍匐在木梨硔的脚下。南望浙岭，徽婺古道蜿蜒在五龙山里，诉说着徽商的故事；北向高塘尖，秋日来时，这里应是漫山怒放的金丝皇菊。

第一缕云雾是从沂川河升起的，浮在绿海上，洁白而缥缈。其后，一朵一朵从翠竹中溢出，在松树枝头融为一体，形成一片片流云。流云愈来愈多，愈来愈密，从谷底随清风抬升，聚集在巨大而空旷的半空中，成了云海。云海自南而北向木梨硔汹涌而来，吞了村舍、没了晨光、遮蔽了林海，只在远处露出一两个山尖尖，孤岛一般，忽隐忽现。

我呆呆地端坐在云雾之上，不远处的村中，话语声、牛羊声、砍柴声悠悠传来，若有若无，忽而担心整个村舍也会随着云雾启航去了。倘若如此，云开雾散后，我该往哪儿去？

桃源深处莲自开

莲是白莲，荷是青荷，檀乃紫檀。只是兔耳溪的鱼儿却是锦绣之色，游动起来如箭矢一般，激起层层涟漪。

两三株枫树，三角形的叶儿尚未红，与繁茂的藤蔓簇拥着祁门县闪里镇桃源村的水口桥。廊桥中，清代所立的禁丐、禁赌碑，彰显着宗族的威严。浩大的水口林，将村落掩藏在山体的拐弯处。人至村前而不知，寻幽径而入后，眼前豁然开朗、别有洞天。

已是傍晚，炊烟斜斜，桃源村村口大经堂前，青石桌旁，聚集着四五个老人，个个清瘦矍铄，吸着纸烟，轻轻地拉起家常，细碎的徽语汇入溪水，渐渐东流，是今夜潺潺的回忆。

村中人家百户，有祠堂七座，分别是大经堂、持敬堂、保极堂、慎徽堂、思正堂、大本堂、叙五祠。家族本源江州义门陈，北宋嘉祐七年（1062）始迁祁门。南宋时陈姓人家五个儿子的后裔聚族而居于桃源村，又建七祠，故称"五门七祠"。

大经堂体量巨大，有 2688 平方米，礼门与享堂之间是天井，两旁廊庑中摆放着省级非物质文化遗产——草龙。每年农历正月初四，

105

祠堂冬祭的夜晚，村中男丁便会在鞭炮声中点着插满草龙的檀香，接着在璀璨的星空下舞动草龙穿过起伏的田野、幽深的巷陌，祈求来年风调雨顺。

大经堂内的草龙

村东是一望无际的田畴。仲夏时分，风送稻花香，云掩辣椒红。层层稻浪，由远而近荡过眼前。偶尔，水田中传来鱼儿翻动的声音。稻花中啄食的鸭儿会抬头嘎嘎而叫，声音空旷而悠远，消失在兔耳溪上游，蹿入一片墨竹园，与枝头的蝉鸣合奏。

桃源东有溪水，西植莲荷，南向屏风，北枕来龙山。沿着来龙山的古道慢步上行，至半山缓坡处，可见一巨大樟树，枝叶繁茂，根部粗壮，三人难以合抱。巨樟在 1.5 米的高度分出五杈，犹如张开的手掌，加上桃源村始于陈姓五门兄弟，故称"五门樟"。800 年的古樟，巨大的树冠似华盖，覆盖了半个村落。树下，一处南宋碑刻遗迹，上有宋太宗御书的"真良家"三字。

桃源村樟树

　　进入村中，巷中 10 米，便是"忠信昌"茶号。1915 年，创办人陈郁斋不远万里携带的祁门红茶，勇夺巴拿马国际博览会金奖。敲开族长陈敦和的门扉，家人言其去了省城，探望儿孙。我从省城而来，寻访陈姓发脉地。桃源、合肥，一来一去，一古一今，换位之中，尽管有不见的遗憾，然各自了却心愿，都在心中辟出一亩属于自己的桃源，岂不也快活哉？

　　夕阳西下，天空染成了玫瑰色。一行八人，六人沐浴着荷塘清辉，向村头走去；二人迎着月亮即将升起的地方，去寻觅竹林中的南山客栈。

　　众人身影消失后，一池清莲兀自飘香，铁色的莲蓬独自饱满。溪中的群鸭挤成一团，上得岸来便昂首向村落摇摆而去，只留下一地长长的湿痕，绘出昨宵枕上的淡迹。

坡山四季云海涌

仲夏傍晚，雨后的坡山村斜斜地横卧在山脊线上。近百户人家会聚在龙顶山脚，群星般拱卫着峰顶，远远看去，犹如弯弓挂在墙壁上，沐浴着一片烟霞。三三两两的房舍，若即若离，散落在香樟、银杏下，由西而东，渐渐合围。

歙县坡山村头，葡萄架下，去岁的一朵紫菊舒展在青瓷杯中。主人家与我站在长廊中，看群鸟归林，万山起伏。

偌大的昌源河谷，一览无余地铺展在眼前。南望龙王尖，一片黛色。峰峦以青天为背景，山脊犹如写意而简约的线条。一山高于一山，层层叠叠，竟有十层之多。北向大鄣山脉，七姑山高大而雄伟，犹若侧卧的佛像，四肢俱备，五官生动。西边的群山中，雨后的晚霞晕染着云朵，瀑布声隐约传来，晚归牧牛的身影在山岗中时隐时现，一片向日葵绣在云霞中。

主人家说，西边是来龙山，东边是龙顶山，两山之间的山脊线上有大约五公里的步道，全部以青石板铺成，呈一条巨大的弧线，弯弯曲曲地串起四五处人家，两端停留在昌源河切割处。十年来，我们在石道两

坡山村秋色（方四清 摄）

旁的田园里，种了向日葵、植了秋菊、养了桑麻。这里还有几百亩茶树，是祖上留下的，郁郁葱葱了几百年。

山谷深处的昌源河被稻田簇拥着，成了一条蜿蜒的线。河边树木葱茏，竹林、农田随着山势渐渐抬升。视野所及，生机盎然。四维群山合拢而来，徐徐展开，形成一幅天然画卷。天黑之际，谷底人家屋顶上，有了一片云雾，主人家说："早点睡，明晨起来，应该可以看到流云。"

凌晨五点多，站在来龙山顶上远望，可见昌源河自北而南，从磻溪流向坡山河谷。峰上的凉亭被一片盛放的向日葵环绕着，晨光柔柔地铺洒在花萼上。近处的花朵点缀在远处黛色的山峦上，有着摇曳下的静穆、五彩中的深沉。

最早的一片孤云是在磻溪的上空不经意地形成的，不知是人家的炊烟，还是河上的水雾，淡淡的、飘忽不定。云雾越来越多，弥漫在篁竹林中，接着穿过枫杨枝头，随着清风、沿着山势渐渐抬升。其后，它们汇聚在

坡山村冬景（方四清　摄）

一起，在北面的半空中形成云海，压住一大片松树林，突然又以排山倒海的气势由北而南、从高到低汹涌而来，霎时间淹没了整个山脊。此时红日已爬升到大鄣山顶，一缕一缕金色的光线划过天际，荡过黑白村舍、墨绿茶园、绛紫秋菊，洒向每一个人的心田，天地顿时灵动起来。一切的一切仿佛静止了，人群没了声音，个个屏住气息。突然，大家齐刷刷地发出一声惊叹，相机的快门啪啪作响。这时，有人从山脚下的木屋旁，径直穿过茶园，朝山上悠悠走来，山歌起伏于垄间。

他处的云，即使觅得，总得几分机缘。坡山的云，一年四季，每日晨昏，时时皆在，或淡淡地覆于河谷，或不羁地游走于半山，或癫狂地泼洒在山梁上。无论你何时出现，只要站在山巅，云海总是在你脚下，仿佛为你而生，为你而浮。

秋水夕阳西溪南

初秋时分,丰乐河静静地于西溪南村北流淌。河的两岸是茂密的树林,枫杨叶微黄,槐树籽扁长,樟树正飘香。河水漫过林下湿地,聚成半亩池塘,当地人称作雷塌。一池秋水,澄净而透明。掬一捧,池中泛起涟漪,皱了树干、破了绿叶。

枫杨林

　　丰乐河北岸密林中伸出的两根圆木，入了南岸的枝叶里，便是西溪南唯一的独木桥。远远望去，桥的两头没入绿色，桥身荡漾在秋波里。走过的时候，木桥吱吱呀呀，和着水中觅食的鸭子之声。黄昏时刻漫步桥上，不知是水在脚下流淌，还是人在水中徜徉。

　　路沿着人家向前铺展，吴氏宗祠自唐代开始就矗立在河岸青石板路的尽头。傍晚时分，秋阳暖和而温润，斜斜地照在门扉上。院落里，香柚挂在枝头，朝天椒竖在绿叶间，秋菊盛放在屋檐下。几只黄狗从深巷蹿出，迅速从你脚下贴地跑过，眨眼间，无影无踪。走在黑白相间的老旧徽派建筑里，左边是繁茂的丰乐河湿地，右边是沉睡了几百年的粉墙。南瓜的藤蔓攀上了残垣断壁，十几只大小不一的黄色瓜儿从墙头直直地垂下，在秋风中荡着，一不小心，会轻轻地碰到你的额头。

农家院落一角

　　丰溪的水引入村中，便成了陇浇。陇浇，水深二尺，两侧一律用青石砌起。夕阳下，那些被废弃的水车默默地躺着，黝黑里泛出明黄，沉睡着难以唤醒。曲曲折折的二里水道之畔，聚集着很多明清时代的建筑。它们大多已经破落，疯长的藤类漫过腐旧的木作，绿意盎然。半拱形的石桥连着两岸的人家，明月夜的时候，石桥会与水中的倒影合起，成了满月。

哗哗流动的陇涣，在丰茂水草中潜行。每隔三十米，就有一块嵌入河水的石阶，不时有妇人上下穿梭，捣衣洗菜。从对岸走过的时候，她们大多会抬起头，向你浅笑示意。

陇涣流经一片竹园，分成两支，一支绕过老屋阁，便到了老街。老街不宽，窄窄的，三里长。清溪从每一家门前流过，成了水圳，弯弯曲曲的，秋阳照不到，却听得声响。街上聚集着各类手工作坊，倘若你有闲情，可以走到姚姓人家下一盘象棋，步入吴记豆腐坊喝一碗热豆浆，还可以停在牌坊下，听一曲徽剧悠长。最有意思的去处还是苟洞老师家——你可以拿一本《金瓶梅》的明代刻本，坐在他开满秋菊、结满红柿、挂满芦柑的院落的石凳上，静静地读一读，直到毛豆腐煎好、猴魁茶泡好、红薯飘香、落霞满天的时候，最后浅斟一杯糯米酒，乘着醉意而去。

河、溪、堨、涣、圳，皆为水，其中不同，随岁月流逝，渐渐淡忘。然而，河中泛舟、溪畔寻月、堨内树影、涣里田地、圳中人家，却是不远的往事。旧时徽州人的生活总是这样，夕阳洒满回家的河面，系舟上岸，堨中睡莲醒来，涣边风车转动，少时的玩伴在田中插秧，妈妈在圳里洗着青菜。这时，月儿淡淡升起，林中的雾愈来愈浓，茶香氤氲，憨憨的幼子倚靠在门楣旁羞怯地看你归来。

翚岭人家村居远

我的故乡静静地蛰伏在枫溪的谷地已有五百多年了，枫溪静静地流淌了无数个五百年。它的源头是村后岭头上一丛翠竹根部的泉水。泉水从半山的碧绿中汩汩而出，无论四季枯荣，从不停歇。枫溪与那些同源的溪流汇集在一起，形成了一汪幽深而湛蓝的潭。

潭的上面伸出的岩石犹如屋檐，巨大的岩体横卧在两山之间，成了岭头，不知从何时开始，村人便习惯称其为"翚岭"。三伏天，阳光直直地投射在翚岭上，炽热逼人，你便可以沿着岩石曲折的边缘，缓缓地走入潭水旁，在岩石与松柏的阴影下掬一捧溪水静静地饮着，鸟瞰故乡的村落。

故乡背靠着翚岭，近百户人家均匀地铺在半山的高台上，随着山势高低起伏。越过翚岭向北，是起伏的群山，岭头正对着天际的是莲花峰。莲花峰盛开在群山的黛色中，倘若冬日雪霁，银装素裹，夕阳涂抹在岩石上，纯净中泛出一丝明黄。偶尔，你会看到群鸟高高地飞过峰顶，在云朵中留下淡淡的痕迹，又随着晓风没入无边无际的蓝色中。

从村庄的高台穿过一片水口林，斜斜地下行一百多级石阶，是一片广袤的田畴，平整的土地沿着山体呈扇形向东西两边展开，一直延伸到枫溪边的桑树林。石阶的尽头连着的廊桥，曰武陵桥，桥体用山中的青石垒成，时间长了，青苔沿着溪水慢慢地爬到桥墩上。武陵桥暗暗的、幽幽的，泛着玄铁一般的光泽，随夕阳一起老去。武陵桥的两边矗立着两棵高大的枫杨，深秋的时候，金黄的落叶飘在枫溪上，染黄了清清的溪水。

武陵桥

你若要来，最好是春风洋溢的四月，从枫溪谷地的西南角，溪水流出的地方，一个窄窄的、开满杜鹃的山道拐入。你不需急着跨过武陵桥，可以先登上枫溪南岸的齐山。山的半坡有一个小亭，名曰晚晴。坐在亭中的美人靠上，放眼望去，我的故乡便一览无余地展现在你的眼前：枫溪从源头散开三支，一支斜斜地穿入村落，蜿蜒到每户人家的门前，另外两支从东西环抱着村庄。三支水流在村东南的水口又汇合在一起，成了辽阔的南湖。南湖的岸边是嫩嫩的杨柳，四月的天气，正软软地垂着。柳条点过水面，波纹与鸭群泛起的涟漪一起，消失于无痕，不波不兴，不歌不吟。

115

岚村

　　你若来得早，又有足够的运气，雾气会从枫溪涌起，与羣岭上的云融合在一起，涌动着、翻滚着，磅礴大气，犹如瀑布般直泻而下，落在村子北面的竹林中。此时村民们生起了烟火，那炊烟会从黑白人家的屋顶升起，与云雾汇合，在村子的上空聚集，久久不愿散去，直到日光照在村民们的蓑衣上，黄狗蹿出水口的树林。

　　我那若隐若现的故乡，因枕着厚实的松岗，秋风来时，白露时节，青色流动、黛色静默而有了一个简短的名字：岚。

第四章 慎终追远祠高耸

慎终追远祠高耸

西人敬神，故有基督信仰；国人尊祖，祖宗高高在上。徽州世家，无论是从中原远道而来，还是从江南迁入，"千载之谱系，丝毫不紊"，先祖名号真切，支脉源流清晰。溯本正源乃宗族文化使然。

明嘉靖十五年（1536），礼部尚书夏言上疏明世宗，方开民间建祠祭祖之先河，徽州民间修祠之风从此大兴。徽人大多聚族而居，"一姓从来住一村"，而且无论大宗小支，皆以举族之力修祠建庙。祠有统宗祠、宗祠、支祠、家祠之分，数量之多、规模之大，冠绝中华。古徽州范围内，历史上记载的祠堂有六千多座，现保存完整的尚有近千座之多。清同治年间，黟县南屏村有祠堂四十多座，现有八座完好依旧，于村中横店至真公厅约二百米的轴线上，列阵排开，组合成举国罕见的古祠堂群，威严森然。

慎终而追远，为感念先祖恩德，惠泽后世，有祠必有祭。自商周始，无论朝廷、民间，祭祀皆为头等大事。徽州民间祭祀一般分为六祭，分别为春祭、中元祭、秋祭、冬祭、诞辰祭、忌日祭。其中，春、秋、冬三祭，尤为庄严。冬至祭始祖、立春祭先祖、秋分祭亡父，皆为民间约定俗成的规矩。2014 年 11 月，以祁门县闪里镇文堂村祠祭、桃源村祠祭为代表的徽州祠祭，经国务院批准，被列入第四批国家级非物质文化遗产代表性项目名录。

徽州祠堂，依朱子《家礼》，大多位于村东或正中央，为独栋建筑，民居不可有丝毫搭建。与古希腊神庙建筑相似的是，祠堂呈长方形，长度与宽度的比例严格控制在二比一。祠堂分为廊院式、天井式两类，前者体量巨大，并设有廊道，供族人避雨、陈放物品，乃至展示家族渊源，明示族规祖训。

祠堂分为三进，自前而后分别为仪门、享堂、寝堂。仪门大多为歇山式重檐建筑，柱基立地、石鼓两分、门当上悬、照壁直立，两侧山墙呈八字形，皆镶精美砖雕。门开单间，或三间，或五间，皆以正门为对称。门上绘有门神，尉迟恭、秦叔宝怒目圆睁，持宝器赫然矗立。

绩溪仁里程氏宗祠

入仪门，过中庭，便步入享堂。享堂正面由三块可活动木板拼合而成，上挂祖容像；檐下高悬匾额，书有堂号，古朴肃然。享堂功用大致为宣族规、议族事、行族罚、育族人。寝堂为最后一进，由石栏杆围成，因主要用于摆放祖宗牌位，故比前两进略高，寓意祖宗高高在上。正中牌位为一世祖，两侧按左昭右穆之规制整齐列放、层层累叠。

祁门县渚口村倪氏宗祠匾额

祭祀之日，中门大开，请下祖容画像，撤去享堂正中门板，打开寝堂窗格。站在入口，目光穿过天井，可见享堂中供奉着太牢之礼，寝堂里祖宗牌位在香火弥漫中肃然，敬畏、感恩之心油然而生，唯愿家国昌盛、天下太平、万物繁茂。

121

瓜瓞绵绵异彩现

祠堂，为古徽州人精神家园所在，是收宗聚族、扬善惩恶之所。然而，同为祠堂，格局相似，功用却不同，规制差异也很大，至于建祠用料、祠内修饰，乃至堂号、匾额、楹联等，都有千差万别。

被朱熹尊称为"江南第一村"的呈坎村，三国时建，为罗氏家族世居之地，尚存二十一处国宝，其宗祠曰"贞靖罗东舒先生祠"，又名"宝纶阁"，是徽州地区罕见的以真人姓名命名的祠堂，历经百年方建成。其寝堂规制宏大，居然加盖一层风格独特的楼阁，以陈放皇榜、圣旨、

贞靖罗东舒先生祠匾额

官诰等圣物。宝纶阁后进梁柱为金丝楠木，九个开间的彩绘图案中，竟然有民间禁用的黄色；两侧镂空木雕的"鳌鱼吐水"，鱼头却雕刻成龙头形象。宝纶阁存在如此僭越之举，居然能完好保存至今，令人不可思议。

歙县棠樾，为江南大盐商鲍氏家族聚集之地。村东一片油菜花地中，七座牌坊星阵排列，组成徽州最大的牌坊群。穿过牌坊群，便是鲍氏宗祠敦本堂所在。明清时期，鲍氏家族因经商而富甲天下。为表彰族内经年累月默默无闻奉献的贞妇慈母，两淮盐法道员鲍启运打破旧制，在男权至上的封建社会倡导建起中国唯一的女祠清懿堂。

祁门渚口，徽州地区最大的一座统宗祠倪氏贞一堂浩然矗立在群山之中。祠前广场两侧，十八对旗杆石完好如初，隐约可见石鼓上刻有"进士"二字，彰显着倪氏家族科举之昌盛。二十里外，"五门七祠"的闪里镇桃源村，因水口廊桥位于远离村落的北部，为防寒风肆虐，陈氏家族建造了徽州地区唯一的风水祠大经祠。夏日来临，透过廊桥的窗格，可见大经祠前荷花盛开，村落掩映在一棵巨大的樟树之下。

倪氏宗祠入口

123

　　绩溪龙川，胡姓家族自东晋以降，至"锦"字辈，已传世四十八代。龙川溪穿村而过，与登源河汇流东去。村东奕世尚书坊旁，"江南第一祠"胡氏宗祠高耸，其仪门乃歇山式五凤楼，飞檐犹如凤凰展翅一般，秀起于龙峰之下。此祠内藏匾额颇多，皆出自明代大书法家文徵明、董其昌、徐渭之手笔。祠内窗格上，七十二幅木雕荷花，或亭亭玉立，或含苞欲放，或顶露初绽，或舒展盛开，形态各异，生动而逼真，汇集了徽派木雕之精华。令人诧异的是，胡氏宗祠后方居然建有一丁氏宗祠。与胡氏宗祠相比，此祠地基高而屋檐低。自明代始祖起，丁氏一姓已在龙川单传了十六代之多。为彰显大族气度，胡氏家族专为佃户建祠，此举当为徽州之独有。

　　祠堂之内，一草一木、一砖一瓦，皆有寓意所在。漫步其中，当穿破厚重历史，透过文化符号，以谦卑的心境，细细读解。

左昭右穆彝伦叙

徽州祠堂最神圣之处，当为第三进的寝堂。寝堂又称正寝、寝殿，乃祖先牌位安放之地，由两层楼阁组成。寝堂上层陈放祭祀器具、族谱、官诰等族内公用物品，下层为龛室。

徽州祠堂的寝堂

125

龛室供奉着神主牌位。牌位为木质结构，一般称之为"木主"。牌位上镶精美雕刻，下为敦实底座，中有祖先名号，符合儒家之规制。龛室设有三间，中龛为大，称之为"正寝"，供奉始祖考妣。两侧则放置"配袝始祖"之神主，始迁祖以下四祖，按左昭右穆之规矩，东西陈列，左右对称。

徽州世家，千年不迁、百世同在，经年累月，神主数量众多，而龛室空间有限，如何供奉？古徽州流传着宗族共同遵守的"寝室之制"。永世供奉者，称为"不祧之主"，当有三类：一为始迁五祖，乃家族血脉之源头；二为"显祖"，乃祖先中身世显赫者；三为"功祖"，乃对修族谱、建族祠、兴族业有突出功绩者。

因国人有"五服之内为亲，五服之外亲尽"之习俗，故有"五世则迁"之惯例。新进神主，自天、高、曾、祖、父而来五世，当供奉于龛室，待五服而过，除非有显德者，否则亲尽而迁出，以腾位于新神主。新神主入龛室，因超越旧主、重立新主，故称为"升主"，又称"越主"。

升主一般按照"请出龛座—烧于砖塘—埋于地下—升上新主"之程序：将旧神主牌位请出后，在砖塘中焚烧，后将牌位灰埋在龛座的地下。只有将旧神主安顿好，新神主的牌位才可以放上龛座。而旧神主在龛座的地下，同样也接受后人的祭祀。

1948 年农历九月，绩溪县宅坦村举办了该村最后一次升主仪式。宅坦村为明经胡所居之地。族中为升主而成立了一个由二十九人组成的宗族升主筹备委员会，下设总务室、经济股、文书校对股、盘查股、庶务股等，并推举华茂公为主任。从 1946 年 12 月开始，委员会召开了四次筹备会议，商议筹款、分工、执行等事项。其中，比较受关注的是升主牌位入龛的时间问题。

升主之日，明经胡各支男丁全数聚在族祠宗逊祠中，气氛肃穆庄严。周围宗亲、乡邻及其他大姓望族皆派代表参加，见证升主之礼。来人带酒备香、吹奏喇叭、燃放鞭炮，宅坦胡家以鸟铳朝天鸣三响以示欢迎，

贞靖罗东舒先生祠"彝伦攸叙"匾额

一时间，宗逊祠门口热闹非凡。

华茂公亲手焚烧旧神主牌位，埋于龛座下，并请出族内德高望重者，用朱笔朱墨点出新神主，此为"点主"。点主时，偌大宗逊祠内，众人黑压压一片，却鸦雀无声，场面十分庄严。升主仪式后，从歙县请来的徽班长春、彩庆登台连演三日，祠堂中的流水席也持续七十二个小时。

世间之事，四季轮回，永世不断，犹如流水。花开花落、人来人往、归去来兮，总是常态。冥冥中的秩序、无形中的规律，总是常在。伦常之在，穿越时间与空间，界定了一代又一代国人习以为常的生活方式，是为"彝伦攸叙"。

三牲三献祠祭时

永锡堂

祠堂是供奉、祭祀祖先之所。朱熹《家礼》说，"以报本反始之心，尊祖敬宗之意……所以开业传世之本也"。通过祠堂祭祖，感恩祖宗对生命的赐予，感怀祖先开基创业之不易，激励后世子孙继承先祖遗志，光宗耀祖、砥砺前行。

祠祭活动曾广泛流传于古徽州的"一府六县"，祁门县西部的马山、桃源、文堂、黄龙等传统古村落至今还保留着相对完整的祠祭文化。

2018年大年初四午后三时，文堂陈氏在村中永锡堂举行了一场隆重的祭祖活动，让我们对程序复杂的祭祖仪式有了直观的感受。徽州祭祖几乎都依循朱熹《家礼》之规定，文堂陈氏家族也不例外。

文堂村位于祁门县闪里镇的仙寓山南麓，依山傍水、风景秀丽，为江州义门陈后裔聚居地。文堂村现存祠堂四座，其中永锡堂是保存最为完整的一座，堂号取名于《诗经》之"孝子不匮，永锡尔类"。祠堂开间广阔，气势非凡，是族人祭祖议事、解决纠纷、规范礼制及举行大规模活动的场所。

冬祭开始之前，各项准备工作都已就绪。

从仪门、天井、享堂到寝堂，均摆有供桌，分别按规制供奉各种祭品，也即"三牲四果"。古人以牛、羊、猪为大三牲，以猪、鱼、鸡为小三牲。四果无固定（如柑橘、苹果、香瓜、葡萄等），但一定得是开花结果的。明清时期对各色祭品都有严格规定，而实际上，各个家族在祭品方面往往越礼逾制。主祭、启赞、通赞、哑赞、引赞、内务、执事等祭祀人员穿着深色礼服早已候在享堂，祠堂仪门两侧的乐队整齐列队。徽州许多名门望族都有粗、细乐队：粗乐以唢呐为主，此外就是锣、鼓等乐器；细乐以二胡为主，此外还有笙、箫、管、笛等乐器。

发鼓三通，鸣锣三段，奏乐三章，祭祀开始。整个祭祀活动过程烦琐、礼制齐全、气氛肃穆。主祭、执事等向神主进馔，行三献礼。初献礼，祭酒，倾少许于茅沙之上，奠酒，再祭酒、奠酒，读祭文、讲古礼、诵族规家训。亚献礼、终献礼与初献礼近似，唯不再读祭文。三献礼毕，侑食，即劝食；主祭者读嘏辞，即祝福之词。十六名身着传统汉服的童子诵读着家规，汉子舞起金色长龙，以告祭列祖列宗。这时的文堂村锣鼓喧天、鞭炮齐鸣。在春雨霏霏中，后人与祖先实现了跨越时空的对话与沟通。

隆重的祭礼传达的是慎终追远、不忘先人之意，表达的是后世子孙对祖先的追思和敬慕之情。祭礼传递的是后人秉承先祖之志，将优良的家风家训代代相传的决心和信心。

文堂舞龙

祠祭是一种仪式，于一举一动之中，将感恩祖先、和睦乡里、孝道传家等思想渗透进去，不知不觉地感化每一个参与者，使得古老而朴素的中华传统美德能够在远离城市的乡野田间、深山大泽，得以继承与传扬，从而构建出一个淳厚而稳定的乡土中国。

清流三股汇新安

徽州之域，"东有大鄣山之固，西有浙岭之塞，南有江滩之险，北有黄山之扼"。三山一水的阻隔，使得徽州成为一个相对独立的地理单元，犹如世外桃源。秦汉之际，徽州为荒蛮之地，本地山越人"深林远薮，椎髻鸟语"，依靠山隔险阻，"不纳王租"。直至三国时孙权部将贺齐平定山越，设新都郡，外来文化始得渗入。280 年，西晋灭吴，设新安郡，开启了徽州长达一千七百多年的新安文化。

群山环绕的徽州，其地形险阻似于川之剑阁、粤之梅关，自古以来，兵燹少至，成为理想的避乱场所。故而，两汉之际，方、汪二姓始迁徽州，始祖分别为方纮、汪文和。汉唐以降，每逢中原大乱，世家大族纷纷南迁，或直入徽州，或通过江南平原、鄱阳湖沿岸，辗转而入徽州，成为徽州人先祖的主要来源。中原士族南迁，主要集中于三个时期。

其一为两晋之交。"永嘉之乱，衣冠南渡"，中原大族匆忙之中，来不及带走财货辎重，只是轻装便行，但"衣冠南渡"意味着古老而悠久的中原文化得以南迁，浸润徽州。此段时期，自中原而入的主要有程、鲍、俞、余、黄、谢、詹、胡、郑等，史称"永嘉九族"。

方氏宗祠

其二为隋唐五代。唐中后期，藩镇割据，安史之乱、黄巢之乱此起彼伏，四海鼎沸，民不聊生。动荡之中，中原望族纷纷迁往江南各地，后辗转而至篁墩入徽州。唐代末期的移民规模最大，姓氏数量最多，共有陈、陆、叶等二十四姓，史称"安史二十四族"。

其三为两宋之交。靖康之乱，中原士族筚路蓝缕，拥入江南，徽州迎来了第三次移民大潮。与前两次不同的是，靖康之乱后，中国的政治文化重心南移到长江流域。临安终成"长安"后，徽州由于邻近杭州，饱受文化熏陶，占尽天时地利。因近水楼台先得月，徽商也渐渐崛起。此次移民的家族，主要有柯、宋、张等十五个姓氏，史称"靖康十五族"。

除本地山越人、中原移民外，徽州的第三股清流，便是源自新安的官员群体。因徽州山水俱佳，许多入徽州为官的外地官员，任职期满之后，宁愿放弃待遇优厚的官职，举家留在徽州，也不愿再去他地。此类家族有丰厚的文化积淀，多为强宗盛族，梳理徽州官史，屡见不鲜。东晋初，程元潭出任新安太守，后定居篁墩，成为徽州程姓始祖。如今，新安太守、考功员外郎黄积公的墓冢，依然掩映在篁墩的一片竹荫之下。

歙县许村，昉溪穿村而过。自高阳桥而入，可见溪畔有一巨石，上刻"任公钓台"，此乃南梁时黄门侍郎任昉的隐归处。任昉本为乐安郡博昌（今山东寿光北）人，乃南梁著名的文学家、方志学家、藏书家，为"竟陵八友"之一，卸任新安太守后，忘归齐鲁故土，举家定居在幽静的黄山南麓，传续着新安任氏一脉。

任公钓台

山越人刀耕火种，习武好战，故两汉之前的徽州，弥漫着刚猛之气。东晋以降，大族北来，好文的中原文化渐渐浸润着新安。至南宋初，宋代理学集大成者朱熹的横空出世，使得新安大地的理学之风成为主流，替代了好武的旧习。于是，一个文化徽州也渐渐地绽放在中华大地的东南一隅，成为一朵奇葩。

门阀大族尚素封

门阀制度源于东汉，至魏晋南北朝时期逐渐成形并达到鼎盛。北魏时兴起的关陇集团，其八柱国、十二大将军府兵制体系而形成的群体优势，影响中国政治走向五六百年，其中，独孤、宇文、杨姓、李氏家族轮番执政于西魏、北周、大隋乃至大唐等。东晋政权虽为司马家族受让于曹魏，但以王、庾、桓、谢等诸大姓为代表的北方士族，与以吴姓为代表的江南士族，左右政坛近百年。

曹魏始设的九品中正制，便是以血统、门第来选拔官吏。世家大族享有免徭役的特权，进而大量兼并土地，肆意无度扩张，直至与朝廷形成分庭抗礼之势。隋唐之际，科举制的推行，使得"朝为田舍郎，暮登天子堂"成了平常读书人的共同梦想，门阀制度趋于弱化。唐末，黄巢之乱以摧枯拉朽之势将中原大族摧毁殆尽。晚唐诗人刘禹锡的《乌衣巷》有云：

朱雀桥边野草花，乌衣巷口夕阳斜。
旧时王谢堂前燕，飞入寻常百姓家。

然而，"衣冠南渡"的簪缨之族，却将士族文化带到了深山中的徽州。宋代，程朱理学的兴起，不断强化了新安的宗族文化。徽商的崛起，从经济基础上，又为大族提供了源源不断的财货。于是，一个在中原渐渐式微的文化，却在东南边陲的徽州得以发展，且呈燎原的趋势。

新安望族，又称甲族、大族、大姓、名族、世家、巨族等。成书于明嘉靖二十九年（1550）的《新安名族志》，共收录徽州望族八十八姓，详细描述了新安名族的起源、始祖、脉络、演变及聚居之地等。

入编《新安名族志》的世家大族，都契合着一样的标准，总结起来有四个：一是源远流长。"逆溯得三十世以上者为甲族"，始祖以下，源流清晰，脉络显然。新安始迁祖名号真切，枝繁叶茂。婺源考亭明经胡，自生于904年的始祖昌翼公始，至今累世近一千三百年。二是代有官宦。"巨室名族，或晋唐封勋，或宦游宣化"，"徽州多大族，莫不聚族而居，而以程汪为最著"——号称最古的程汪，其徽州一世祖分别为新安首任太守程元潭、汉代龙骧大将军汪文和。三为儒学传家。徽州文苑学林遍地，硕儒逸士代出，忠臣孝子屡见。休宁《茗洲吴氏家典》卷首序有言："我新安为朱子桑梓之邦，则宜读朱子之书，服朱子之教，秉朱子之礼，

胡适故居

以邹鲁之风自持，而以邹鲁之风传子若孙也。"四乃素封之家。名门望族，必有子弟经商四海、货殖天下。清中期的扬州，两淮盐运八总商，歙县"恒占其四"。

四大标准，徽人最注重素封。素封之家，"富等千户侯"，其并非出自御赐钦批，乃民间封号，主要针对商贾人家中财德俱佳者。徽人行商，堪称素封者，一曰廉贾，二曰善贾，三曰儒行，四曰亲宗。"十利取其一""从善如流""商名儒行""回报乡梓"等经营理念，乃徽商有别于其他商帮的特质。

巨族如树，冠似华盖、盘根错节，巍然屹立于大地，虽饱经岁月洗礼、风霜历练，仍开枝散叶，四季繁茂，生生不息，故又被雅称为"乔木之家"。

开枝散叶山水间

　　徽州的山是封闭的，秦汉以来，阻断了大量外来的人流。然而，徽州的水却是开放的，以上善的化力，接纳了四方的游子。自杭嘉湖平原沿新安江上溯，可达歙县、黟县、休宁及绩溪；从芜湖青弋江逆流而上，

新安江一角

过水阳、桃花潭，可至绩溪、黟县；舟发鄱阳湖，穿鄱阳、浮梁，过倒湖，入阊江，一楫可奔祁门。自空中鸟瞰，徽州境内，千溪万水密织成网，能渗透到徽州大地的任何一个角落。

中原大族入徽州，大多沿水路，公认的上岸首选地为屯溪的篁墩。他们稍作停留后，便就近四散于新安江沿岸的平地。如今，横江、率水、渐江沿岸及四围的低山台地，密布着许多名门望族，诸如西溪南的吴氏、棠樾的鲍氏、唐模的许氏、雄村的魏武曹姓等。颇为有趣的是，徽州的世家大族聚集之地，大多为乡村。《新安名族志》收录的大族聚集地共164处，其中，村庄有151处。

南宋伊始，徽州人口快速增长，使得当地的物产渐渐难以支撑。顾炎武曾指出，徽郡"计一岁所入，不能支十之一"；许承尧《歙事闲谭》云，"余郡处万山中，所出粮不足一月，十九需外给，远自江广数千里，近自苏松常镇数百里而至"，"以故江南米价，徽独高"；康熙《休宁县志》记载，"一日米船不至，民有饥色；三日不至，有饿莩；五日不至，有昼夺"。人地之间的矛盾日益突出，使得徽州大族不得不以支派、家庭为单位，开枝散叶于四方。

徽人以境内盆地平缓地带为中心，呈波纹状迁移而出，第一选择便是远山的河谷地带。他们沿溪水上溯，筚路蓝缕，寻找到溪畔一块狭窄的空间，停留下来，以百年为计，一代又一代勤劳耕耘，建造出一个个"枕山、环水、面屏"的绝美家园。这些村落，"耕则有地、饮则有水、行则有道、薪则有山、艺则有圃"，"山有竹木之秀，谷有清净之幽，脉有腾水之势，河有曲折之美；春能赏山花烂漫，夏可避林木之荫，秋可收丰美之实，冬能享闲时愉悦"。如今，徒步徽州，你会在一排山梁后、一片群山中、一眼泉水旁、一棵乔木下，不经意间看到炊烟袅袅、活泼欢腾的古村落。村民们仿佛被世人遗忘在山水中，历经几百年乃至上千年，从容淡定地按照旧有的方式生活着，悠然而自得。

祁门县闪里镇竹源坞，掩映在茂密的竹林之下。北宋嘉祐七年，

桃源村陈氏宗祠

江州义门陈分家291庄，其中一支自遥远的江西德安迁移而来，后人丁繁茂。为繁衍需要，祁门陈氏家族后裔们，按支派宗系，自竹源坞出发，沿着大北河的支流，一路开枝散叶，在兔耳溪、文闪河两岸先后孕育出三个村落：桃源、坑口及文堂。祁门西乡，河谷之中，二十里的轴线上，三个古村落次第铺展；十几座祠堂，七八个家庙，诸多国宝级建筑坐落在青山绿水间，为世人所不知，静穆无声地诉说着一个家族的过往。每年农历正月初四，国家级非物质文化遗产徽州祠祭，都会在文堂村举办。此日，祁门境内的义门陈人家奔涌而出，齐聚陈氏宗祠永锡堂，按朱子《家礼》之流程，举行隆重而庄严的祭祖仪式。

徽州人家，无论迁往何处，都会与发脉地的宗族之间保持着千丝万缕的联系。他们供奉着同一个先祖，传续着同一个族谱，遵循着同一个族规，千百年来，以宗族文化的力量，维系着一个稳定而有序的中国传统乡村社会结构。

点点星火耀中华

徽州一直是一个高移民的社会，宋室南迁后，中原士族移入的高潮渐渐停息，徽州社会进入了休养生息期。远道而来的世家大族筑牢根基后，至明代中叶，只是在徽州的青山绿水间辗转迁徙。之后，随着徽商的崛起，人口日益繁盛，人地矛盾愈加尖锐，这使得徽州转而成为高移出的地区。

徽人离开故土，一为经商，二为仕宦。尤其是经商的大潮，自明万历年间开闸后，便呈滚滚洪流，势不可当——"天下之民寄命于农，徽民寄命于商"。徽人南下闽赣、两广，北上京冀乃至关外，西至荆楚，东去江浙，贸易无所不至，"诡而海岛，罕而沙漠，足迹几半宇内"。以至于当代，舟山群岛的双屿港一带，依然留有歙县雄村柘林人、徽商汪直活动的旧迹；日本长崎县平户市松浦史料博物馆外，居然竖立着一座汪直铜像。

徽人挣脱群山的束缚，撕破万水的阻挡，走出徽州，主要通过水路与古道。顺新安江五日可至余杭，再接大运河，北上京师；自阊江可一路水道至广州十三行；从徽水入，自青弋江出，于芜湖连通万里长江。在浙江省杭州市临安区马啸乡境内，隶属安徽省绩溪县伏岭镇的永来村，处在徽杭古道的出口，蛰伏于清凉峰下已经几百年。尽管四围皆是浙江的土地，但是这个楔入外乡的村落，祖上的遗训是"永世不得入浙籍"，只是为了翻山越岭而来的乡党一路劳累后有一个安心的休憩之地。梓桐镇位于浙江省淳安县西四十里，东隔千岛湖而望安徽歙县，境内连片的胡氏宗祠以默默无声的方式诉说着梓桐胡氏脉出绩溪明经胡的渊源。江西浮梁高岭村，北去二十里，便是安徽省休宁县鹤城乡右龙村。高岭村因瓷而兴，村中之姓，北宋景德年间为刘、王。此后，徽州移民以数百年为计，呼朋唤友徐徐而来，生根发芽，繁盛于此，曰汪、胡、程、黄。

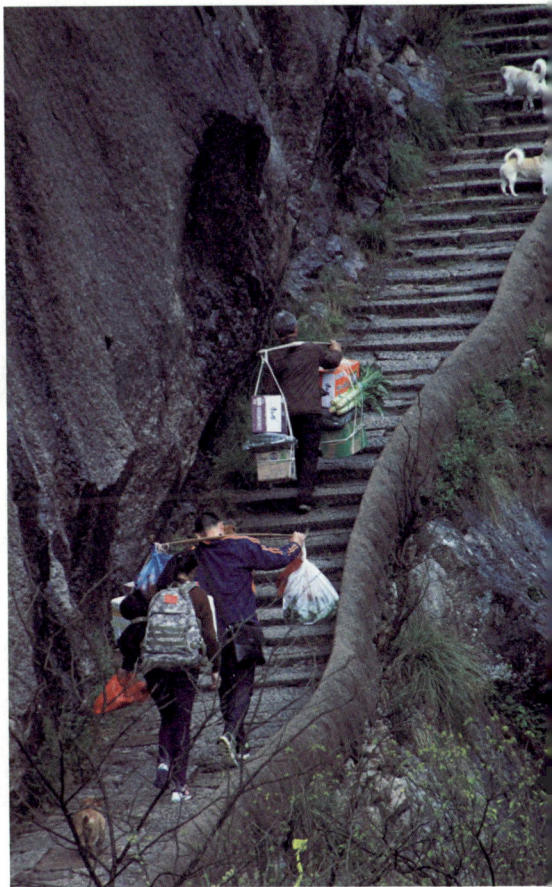

徽杭古道

　　四海行商的徽人，一旦找到宜商之地，便会呼朋唤友，群拥而来，依照徽州宗族的伦理与文化，在异地聚集出另一个"故乡"。山东临清"十九皆徽商占籍"，湖北黄陂"城内半徽民"，至于"春风十里"的扬州，更是被时人戏称为"徽商的殖民地也"。富足的江浙沪一带，徽商尤多，他们大多停驻下来，开枝散叶，再续徽脉。

　　吴县潘氏，本源歙县南乡大埠村，徽州一世祖为唐代歙州刺史潘逢时，其因"居官有惠政，秩满，父老攀留，遂家于歙"。明初，六世祖潘仲兰举家北迁至有"风土清嘉、人文彬蔚"之誉的苏州。乾隆五十八年（1793），潘世恩状元及第，其一生为官五十余年，历乾隆、嘉庆、道光、咸丰四朝，被称为"四朝元老"。潘氏入苏州，历经明清数百年，藏书巨丰，代代书香，终成大族，名动江南。

杭州河坊街深处，国宝胡庆余堂依然矗立，其上两块硕大的匾额"戒欺""真不二价"，叙说着红顶商人胡雪岩的传奇。绩溪县湖里村，登源河大拐弯处，绿草茵茵，浩大而衰败的胡雪岩故居静默在夕阳之下。

胡庆余堂"真不二价"匾额

清代，上海川沙只是海边的一个小镇。"先有胡万和，后有川沙县"的民谚，印证了胡氏家族在川沙开设"胡万和"茶号的旧史。1892年3月，襁褓中的胡适便随着母亲入住"胡万和"。1917年8月，留美七年归来的胡适下船后便急忙赶往川沙，取走亡父台东知州胡铁花遗留在茶庄的官袍、朝珠、日记、信函等遗物，一路恭送回绩溪上庄老家。

中原文明在饱受战争的创伤后，以残缺的孤本而入徽州。世家大族在这片方外之地，历经几百年，才逐渐将其修补成形。之后，它又随着出外谋生的徽人，传向四方，凤凰涅槃般地重现于中华大地。或许，这就是胡适先生所说的"小徽州"外的"大徽州"。

欧苏体例新安谱

　　徽州是一个文献的海洋，各种文书，诸如交易文契、合同文书、承继契约、私家账簿、官府册籍、政令公文、诉讼文案、会簿会书、乡规民约、信函书札等，竟有百万册之多。尤为代表的是族谱，其数量之多、跨越时间之长、品类之繁杂、保存之完好、内容之丰富，冠绝中华。

　　徽州族谱，又称宗谱、家谱、房谱、支谱、家乘、家记、家典、世典等，存世有两千种之多，最早的刻本为元泰定年间刊印的《新安旌城汪氏家录》。目前收藏徽州家谱最多的为上海市图书馆，其他诸如安徽省、黄山市乃至古徽州各县的图书馆、博物馆，也收藏甚丰。美国犹他州谱牒中心、日本东京国立博物馆等国外机构，皆存有大量徽州族谱。除这些公藏机构外，民间爱好者，尤其是徽州人家，也收藏较多。

　　夏商周三代之时，构建起了一个大宗法制度，使得"分封建制""长子嫡传"的观念一直左右着古老的中国社会。秦统一天下，推行郡县制，导致大宗法制日渐式微。至北宋，以族长制为代表的小宗法制度逐渐替代了以长子制为代表的大宗法制度，民间始开修谱之先河。北宋著名的文学家欧阳修及苏洵，为其家族修谱而形成的体例，被后世奉为范式，

祁门渚口倪氏宗祠

称为欧苏体例。

　　徽州人家，聚族而居，无论世事如何变迁，哪怕人口累万，"千载之谱系，丝毫不紊"，宗族俨然、源头清晰、支脉分明。徽人坚信，"家之有谱，犹如国之有史"；族中有谱，可敬祖收宗、明了世系、惩恶扬善。定期修谱，几乎成了新安世家大族的常态。

　　修谱之时，举族而动，公告即出，族内各派系代表毕至宗祠，参与表决《修谱议决案》。接着成立修谱理事会，设总理一人，成员若干，并制定详细章程，收缴人丁费用。其后，用一年乃至三年，搜集人丁信息，家家不落，人人参与，方可定谱，付诸刻印。谱成之时，也为领谱之日，鸣金放炮、舞狮唱戏，三日不绝，族人相聚于祠堂，一谱一人，一一对应，绝无错乱。

　　族谱既出，各支派会设专人保管，并置一套于祠堂第三进之寝堂室内。倘若是修谱之人，或宗子、族长，可请入家中，置于香案之上。每逢大事，焚香跪拜，以告慰先祖之灵。族谱刻印完毕，必将老版销毁，以防滥印、多印，也不许买卖交易，以免落入外族之手，产生冒认的弊端。此后，每逢冬至祭祖，各支派会将族谱请入宗祠，检查完好与否，此为验谱也。夏日三伏，骄阳似火，新安人家按支系聚集，在村中将匣内族谱摊开暴晒，以防虫蛀霉变，此为晒谱也。

祁门渚口倪氏宗祠匾额

　　族谱扉页，堂号显然，必有题名。徽州族谱的题名，大多出自名家之手，如黄山市《北岸吴慎德堂族谱》的谱首，便有北宋名相寇准及王曾的墨宝。族谱之内，凡例、书法（族人入谱的规范）、序言、科第及恩荣等规整有序，祖容画像威严，祖墓所在清晰。至于族人分居的村舍，山川形胜、地理经纬，皆一一标明。其中，还常常插入名家手绘的村居八景、十景，以慰藉游子思乡之苦。

　　徽州族谱，以北宋欧苏五世图式为体，以南宋徽州籍人朱熹的理学思想为魄，体魄相融，形神俱备，无声地诉说着"颍川家声""世居清河"及"伊洛之学"，奔涌千年而汩汩不绝。

巨树参天族庇佑

中国古代的乡村，一直沿袭着自治的模式，即所谓国权不下县，县下唯自治，自治靠乡绅，乡绅依伦理。两千多年来，分布在广大乡村的士绅，以道德化育之力，维系着一个稳定而有序的乡村社会。古代徽州是典型的宗族社会，宗族与乡绅之力融合为一体，形成一套有效而完善的家族治理模式。

徽州是一个"大宗族、小家庭"的社会结构，徽人聚族而居，"从来一姓只居一村，绝无杂姓"。徽人一生，小至日常生活，大到生老病死，无论贫贱还是富贵，无论经商还是读书，都离不开宗族的庇护。对于徽人来说，族内最为严厉的惩罚，便是"生不得入族，死不得入祠"——被革除族籍之人，居无定所，饱受歧视，在宗法森严的徽州社会，是很难独自生存的。

"家有政则有体"，徽州大族大多形成严格的家政体系。绩溪《惇叙堂家政》有言："族中别无所谓家政，不过理财而已。"族内民生抚恤，需依赖充足的财力。徽人一般把族中资产，俗称为"祠产"。对于家族而言，虽然族长贵为一族之首，但是理财之人，必须经合族公举。理财之人多称"祠董"，配备有出纳多人，作为助手。族产可作为初始资本，资助族内出外经商之人，定期收取利息。徽州商人，一旦经营有成，大多热衷于回报乡梓。他们或直接捐输，或购买田地，捐献给族中，作为祠产，以地租、利息等源源不断的收入，维系着族内日常开支。

祭祀、营造、养老、抚恤、助学及救荒为家政六善，其中，祭祀为一族头等大事，乃六善之首。徽州民间祭祀一般分为六祭，分别为春祭、中元祭、秋祭、冬祭、诞辰祭、忌日祭。其中，春、秋、冬三祭，尤为庄严，祭祀所需物品繁多，耗费惊人。营造之用，主要是修建祠堂、会社、私塾乃至祖坟等公用设施。除祠产收入以外，还需劝捐。劝捐对象大多为族中富户、中产，尤其是出外宦商而显贵之人，"极贫者不得苛派"。

桃源陈氏后裔祭祀先祖大典

徽州大族向来把"老吾老"视作族内之事，倘若一族之中有鳏寡孤独者，无衣无食，漂泊流离，便被讽为举族之耻，族长、祠董乃至近亲均会饱受批评。养老之对象，为族内无子侄、无田产者。所需之资，月月提供。若族产不足，长老会依据亲疏之别，指定亲房富裕之户，一一对应接济，绝无遗漏者。抚恤之人，分为两类：一为终身受益者，即寡妇及残疾者，尤其是贞妇节妇，"尤当礼加"，以解除出外经商族人的后顾之忧；二为阶段性受益者，主要是孤儿及病者，族内孤儿长大成人后，病人恢复健康后，便会终止抚恤。

宏村南湖书院内景

助学，被徽人视为事关家族日后振兴的大事。徽人虽以节俭闻名于世，然而面对"乌纱帽"，却异常慷慨，故而，明清之际，家塾、私塾、书院遍布徽州。族中之子，只要是可造之才，无论贫贱，皆有助学之金、膏火之资，甚至于赶考之费。与以上五项家政相比，救荒更具有普惠性，只要是族内之人，皆可受益。徽州宗族，大多建有义仓，丰收之年，低价购入谷物；歉收之时，平粜于族人，以举族之力，共同应对天灾。时至今日，义仓旧址依然存在。

翻看《惇叙堂家政》，发现里面赫然写着："务求一族之富人能保全一族之贫民，不使一人独受饥寒。"这种徽州式有限的"共同富裕"观，还依赖于受益之人。宗族护佑下的徽人，无论经商还是仕宦，一旦有成，都会反哺于宗族。如此投桃报李，代代循环，族人人人受益，如沐春风。

扬善惩恶依家法

"欲治其国，必先齐家。"家国同构，一直以来是中国传统社会治理的思想核心。治国与治家、忠道与孝道，在本质上是一致的，故而，古代王朝历来都非常重视道德伦理之力。明初，洪武帝为教化民众，促进社会和睦，向天下颁布《圣谕六条》，曰："孝顺父母，恭敬长上，和睦乡里，教训子孙，各安生理，毋作非为。"1659 年，顺治帝御批应允设立乡约制度，使得民间自治合法化；1670 年，少年天子康熙在扫除鳌拜的势力后，向全国发布《上谕十六条》。

徽州族谱谱首大多刻有《圣谕六条》及《上谕十六条》，每逢举族而聚，约赞与众童子便会齐声朗诵。明清之际，徽州有些村落甚至会设专人早晚各一次走街吟唱，颇有古希腊时代行吟诗人的遗风。以洪武圣谕及康熙上谕为本，徽州家族大多制定了严格的家法来约束族众、惩恶扬善，以维持安定有序、文明守礼的村居环境。

"家有法则知戒。"家法制定，主要针对族人的恶行，目的是通过惩戒，减少乃至杜绝此类行为。家法所依据的原则不同于国法，有着自我的标准。

以尊治卑，绝不可以卑治尊，是建立在儒家"尊尊"的伦理之上的。

族内子弟，有违家法者，叔伯父兄，乃至长老、族长，可依据家法治之，绝不可出现以下犯上，晚辈答责长辈的先例。倘若长辈有过，轻者，晚辈可公请长亲评论，劝其改过；重者，自有官家依国法处置。治轻不治重，是保证家法对国法的弥补，而不是僭越。家法不可替代国法，其惩治依据为伦理，惩治对象为犯族规者。惩治之时，依"立法严、行法恕、不可轻用"的原则。惩戒手段为训斥、跪香（燃香跪拜在祖容像前）、杖责及革除族籍等，其他诸如肢体伤害一类的惩戒，极为罕见。为保证家法、族规的合法化，很多家族一旦家法、族规成文后，皆将其报官备案，而官方也乐于民间伦理教化，故家法、族规多含有"奉宪""奉官""奉县"之类文字。

老幼及妇女，不受公开答责之罚。徽州家法主要针对男性族人，妇女有过，其责在夫，大多应在小家庭内部受丈夫及公婆答责。即使家人难以处理，也应由亲房长辈私下带着妇女入祠堂罚跪，男子不得对其动手拖拽。

为惩恶扬善，杜绝再犯，行使家法之时，族内会提前张榜公告，要求各房长老及族人齐聚宗祠内。寒冬冷雨，族人黑压压地站满祠堂天井，族长于享堂之中，再读圣谕，重申族规、家法，并宣布对违规之人的处罚措施。浩大而森严的宗祠内、祖宗牌位前、祖容像下，鸦雀

桃源村禁赌碑

无声，三支檀香燃起，受罚之人面北背南，长跪于冰冷的地砖上，在众人的目光中，直面列祖列宗，以求痛改前非、洗心革面，重新做人。此种场景，在徽州的群山中、古村里，几百年来，渐渐虚化为重重桎梏，挥之不去。

徽州家法大多针对族人，但偶有面向外来者。祁门县闪里镇桃源村的廊桥之中，现存有两块碑刻：一是禁赌碑，建于清嘉庆十一年（1806），碑文"合源奉宪禁止赌博"，当为禁绝陈氏族人之赌博行为；二是禁丐碑，建于清道光十一年（1831），碑文"奉宪示禁强梗乞丐趁赶入境"，当为禁止乞丐强行进入廊桥以内乞讨，目的乃告诫陈氏子孙，应自强自立，不可落入乞讨的境地。

桃源村禁丐碑

家法、族规、乡约，不越国法，乃伦理治世，余音延续至今而不绝。祁门县闪里镇文堂村之《文堂乡约家法》，因系统且规整，闻名于世。游人慕名而至，常驻于此，深究细探。陈氏宗祠永锡堂之中，十几年来，未见族人犯罪之记录；文堂古村，也因夜不闭户、路不拾遗而为乡人津津乐道，奉为模范。

151

四世同堂累世居

家为社会的最小单位，是一个人成长的最初环境，以同居、同爨、同财的亲属为限。东西方历来都非常重视家庭及其延伸出的文化。一生之中，个人与家庭之间总是有着难以厘清的关联，割舍不断的情感。

徽州属于典型的"大家族、小家庭"的社会结构。它以宗亲文化为基础，形成诸多的社会关系结构。"宗者，因姓也"，聚族而居，只因为有着同姓共祖的血脉渊源；"亲者，因姻也"，大族之间通婚联姻，便密织出亲亲的社会网络，使得宗亲社会关系更加牢固。

受中国传统的家文化影响，徽州家庭以人丁繁盛为荣。故而，累世同居的"共祖家庭"，在徽州备受推崇。这种家庭在同一个祖父母的主持下，数代同堂，数百人同爨，共居共产，蔚为壮观。婺源武口《王氏统宗世谱》之序有言："以义同居者四世，合门三千二百余指，鸣鼓而后食，此时最盛也。"《歙县志》记载，明代的汪通保"一堂五世男妇大小百余人"，清代的方统来"五世同居"。"共祖家庭"被儒家认为是最理想、最符合伦理的传统家庭模式，但数代同居，除需要具备雄厚的物质基础外，还要有严格、公平而系统的家庭管理制度。

与"共祖家庭"不同的是，"直系家庭"以共祖父的成员合为一家，一般三代同堂，兄弟之间不再分家，财产共有。《新安歙北许氏东支世谱》记载，徽商许文才"孜孜生业，承父绪……与兄弟昶同爨，一钱寸帛，不入私室"。这样的家庭，不以兄弟之间能力大小、对家庭的贡献多寡来区分财产，并且兄弟同心、父子同力，故常常致"家业愈兴""财富累万"，乃至"资用大起"。

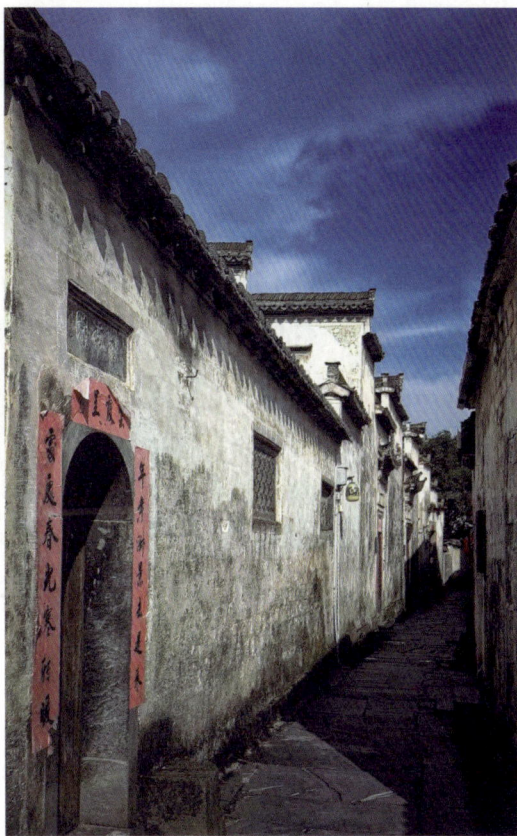

"主干家庭"与"核心家庭"则是古代徽州家

徽人聚族而居，屋舍相连

庭采用的主要模式。"主干家庭"以直系亲属为主干，包括一对夫妇及其父母、子女。与"共祖家庭"不同的是，第二代其他兄弟已经分家而出，祖父母一般随同长子夫妇生活，极少也同幺子共居。在将"共祖家庭"剥离成"主干家庭"之前，必须要分割财产。所分割财产，主要是祖业、第一代创置的家业及第二代共创家产。休宁商人汪正科立下的《汪氏阄书》，便把家产分为五份，一份留给自己养老，一份为嫡长孙独有，其余三份归三子。此种分割方式，带有浓浓的宗子文化特色。"核心家庭"是同居共财亲属的最小组织，也是其他家庭的发端，只包括一对夫妇及其子女。

153

竹山书院

　　歙县雄村，元代开始便为魏武曹姓世居之地，人丁兴旺，文风鼎盛，尤以"父子宰相""四世一品"的曹文埴家庭最负盛名。曹家以曹文境、曹文塾、曹文埴兄弟三人为主体，形成直系家庭。大哥曹文境在扬州继承祖传的盐业，贸易于四海；二哥曹文塾坐镇歙县雄村，主理家政，供养老母；三弟曹文埴少攻举子业，乾隆二十五年（1760）高中传胪，官至户部尚书。雍正南巡，曹文埴代使君权三月，徽州民间至今仍有"宰相朝朝有，代君三月无"之说。兄弟三人合力构筑桃花坝，精修竹山书院，创办曹家徽剧戏班华廉班，忠孝皆全，美名远播。

　　徽州人家，模式不同，人数多少不一，分合皆有度。分则为家，各就其位、各司其职；合则为族，每有大事，举族而动。合合分分，分分合合，瓜瓞绵绵，永续不断。

第五章 五岳朝宗马头昂

七日一徽说 / 不敢写徽州

五岳朝宗马头昂

　　徽州民居以淡雅的黑白两色，静静地蛰伏于深山大谷、碧溪幽潭间，仿佛一幅幅水墨画，真实中虚空，写意间生动。远远望去，在一片薄雾、流云下，若船帆一般矗立，时有时无、忽隐忽现的，便是那高大而错落有致的马头墙。

　　徽派建筑，就地取材，大多以砖木结构为主。为防一家失火殃及近邻，家与家之间，以厚厚的封火墙隔断。与他处敦实、低矮不同，徽州的封火墙似乎可以从屋脊间生长，节节拔高，直至云端。因当地达官巨贾希冀马到成功，加之其形似高昂的马头，故封火墙被称为"马头墙"。

　　马头墙通体为白，墙脊以黛瓦覆盖。一黑一白，一阴一阳，是日月的轮转，乃十二时辰的留迹。千年的风吹日晒，雪白的墙体斑驳成浅灰色，一朵朵云纹从中飞升而出。春日细雨晕染在白墙上，犹如泼墨般肆意，诱发了张大千的灵感。夏日来时，一棵南瓜藤越过屋檐，蔓延在白墙上，黄色的花儿悬在黑色的墙脊下，微风中似乎就要脱落。墙角下的柿子树，秋叶翻飞，到了冬日，红色的果实挂在枯枝上，月下的投影在白墙上勾勒出瘦瘦的线条，曲曲折折，可怜极了。

徽州的深巷，锁着斜斜的天际。飞云总是不为它作片刻的停留，但在其每一条青石板道路的尽头，似乎总有一座高大的马头墙等待着。

马头墙以蓝天为背景，层层叠叠，高低错落。马头墙多为二叠、三叠，至于深宅大院，后进绵延，可多达五叠，俗称"五岳朝宗"。倘若将五叠的线条勾勒成音符，弹奏起来，似有宫、商、角、徵、羽的韵律。水平的墙脊直直地延伸，突然有飞檐翘起，形成"鹊尾""坐吻""印斗"三种制式。高与低的错落、色彩与音韵的流转、直线与流线的变换，与天井中袅袅而起的炊烟混合在一起，使得静态的马头墙顿时活泼与灵动起来。

山峰一般的马头墙，笔直向上，绝无一处凸起，只在高高的檐下，留有一个窄窄的窗口，供猫儿出入。夜深人静之时，偶尔有豆火溢出。着青衣的徽娘，独自坐在梳妆台前，目光游离出群山，遥想出外讨生活的夫君奔波在哪一个码头。

婺源晓起民居的马头墙

黟县西递民居的马头墙

马头墙、天井、深巷，成了徽州民居的符号。千百年来，这些符号以静穆的方式诠释着一个渐行渐远的中国乡村。每一个踏入徽州的人，仿佛找到了曾经遗落的家园；离别之时，黑白的马头墙渐渐隐去，模糊中却难以忘却。

四水归堂天地通

徽州万山起伏、溪水纵横，"八山半水半分田"，故徽人居所大多沿溪而筑、顺山而建。因平面空间局促，徽州民居只能向上伸展，一层高于一层，呈"三间五架"之布局。

古来徽人最重宗法，从来一姓只居一村。一家之室、一支之居，粉墙黛瓦、重重叠叠，聚合在一起，虽有"穿插、避就、隐显"之营造技法，但小巷幽深而逼仄，两人相向而来，只能侧身谦让而过。夜深人静之时，青石板上细碎的脚步声，可以穿透跑马楼的通道，徘徊在雕花窗格间，久久不散。

与宽大、敞亮的北方四合院充满天然野趣不同，徽州人家的院落虽有一进、二进乃至五进之多，但重重楼阁、高大马头墙围合而成的空间，难免让人产生压抑之感。于是，高墙重檐之间，一方天井便应运而生，从此，清风、流云，阳光、雨露，成了庭前常客。

天井呈长方形，或位于大门之后，或处于两进之间。徽州民居大多是坡形屋顶，四方屋檐斜斜地伸展到天井中，勾勒在一起，便描绘出空虚的天境。三月的细雨呈线状交织于半空中，又渐渐沥沥地落在青瓦上；

四水归堂

夏日的滂沱大雨砸入中庭，绝无半点落入他家。归明堂的涓涓雨水，穿过铜钱状的地漏口，在青石覆盖的地窖中，汇成一池天水——无论酷暑寒冬，还是昼夜晨昏，池水都可作上善之用。

天井之下，明堂洞开，清风徐徐而入。园中可植花草，四季总是芬芳。堂中陈放八仙桌，精巧的明代太师椅摆放在两边。中堂正面墙壁上，或高挂祖容像，或悬有山水画，楹联对仗工整、寓意深远。香案之上，左边是明镜、右边为梅瓶、中有西洋钟，契合"东平西静""终生平静"之意，充盈着了然豁达之气。

中堂与两侧厢房之间，镶有精美的木雕窗槅。木雕的风格：明代简约而质朴，以人物故事为主；清代繁复而精细，多为花鸟鱼虫。因徽州盛产好茶，堂中四季茶香不断。堂上一层，多为起居之室。跑马楼朝向天井的通道上，往往置有美人靠。待嫁的少女，会娇弱地依在栏间，透过窗格，羞涩地瞅着青涩的相亲男子。

天井直直地通向天际，到了正午才有阳光直射而入。强烈的光线被

徽派建筑的天井

镂空的木雕剪切成一丝一丝的，投在白墙上，斑驳陆离中真真切切，飘忽不定间忽明忽暗。晨起晚归，阳光总是柔柔的、暖暖的，和着寂静的天井。徽人闲静地看云卷云舒、花开花落，过着山中人悠然自得的日子。

天井是徽人在重楼叠檐中裁开的一片天眼。春雨微微、夏风习习，秋阳暖暖、冬雪飘飘，四季轮回中，人总是处于自然之间。透过天眼，可遥想碧空之下、群山之外，还有更为旷远的天地。浪迹天涯的徽人，心中难以割舍的是天井明堂中的举家欢聚。那回荡在天井中的绵绵徽语、空远的鸡鸣犬吠，成了故土永久的召唤。

史海钩沉话牌坊

　　牌坊又名牌楼，初为空间隔离的标志，本源"衡门"，乃中式建筑文化代表性符号之一。《诗经·陈风·衡门》有云："衡门之下，可以栖迟。"衡门最初为两柱一横杆结构，大多木质。大汉初，高祖刘邦规定，祭天必祭灵星，故有棂星门。棂星门自汉至北宋，逐渐扩展至宫殿、庙宇、陵墓、祠堂、衙署等处。

　　西晋门阀制度确立，定"五邻为一里"，始有里坊，故里坊乃居民聚集之地。唐都城长安，布局规范而整齐划一，街衢宽阔而市坊林立，有东、西两市，天下货殖汇聚；建一百零八个里坊，百万民众共居。里与里之间，以坊门区隔。坊门立于入口，中门大开，两侧设有可开合的栅栏。步入坊门，街巷悠长，馄饨担子飘香，人家烟火缭绕。

　　牌坊、民居、祠堂为徽州古建三绝。古徽州牌坊数量之众多、形态之多样、价值之多元，冠绝华夏，故徽州被称为"中国牌坊之乡"。据不完全统计，历史上古徽州"一府六县"范围内，共建有牌坊一千多座，现保存完好的有一百二十七座。其中，许国大学士坊、棠樾牌坊群等被评为国家级文物保护单位。

歙县棠樾，初春细雨霏霏，一片金黄的油菜花地中，七座牌坊以"忠孝节义"为主题，自东而西一字排开，组成徽州地区最大、最壮观的牌坊群。

郑村贞白里坊，建于元代末期，为徽州地区最早的牌坊。歙县古城中心，建于明万历十二年（1584）的许国大学士坊，威严矗立了近五百年。此石坊由四座牌坊围合而成，呈口字形，石雕精美，八柱立地，故被俗称为"八角牌坊"。光绪三十一年，徽州地区最后一座牌坊孝贞节烈坊，于府城徽城镇新南街建成。此坊旌表人数居然有"六万五千零七十八名口"，坊主数量之多，当为徽州之最。歙县许村，有着古徽州雕刻最为精美的五马坊与体量最小的双节孝坊。令人不可思议的是，双节孝坊旌表的坊主居然是村人许俊业的继妻金氏及妾贺氏。

五马坊

雄村桃花坝上，国宝竹山书院旁，掩映在盛开的桃花间的，是徽州地区坊主官位最高的四世一品坊。它彰显着歙县魏武曹家族自明成化年间的进士曹祥至清传胪曹文埴，四世皆被分封为一品的显赫家族史。

牌坊，滥觞于春秋，成形于唐宋，至明清达到鼎盛，渐渐超越其空

四世一品坊

间隔离的功能，有旌表功名、倡导德行、彰显威严乃至美化环境之功用，成了中国古代建筑重要的标志性元素。徽州多世家大族，有徽商富甲天下，盛行新安理学。为德化乡里，徽人以物化的牌坊，记述着一个又一个发生在身边的真真切切的故事。

顶天立地旌乡里

徽州群山盛产石材，尤以质地松软、表面颗粒粗糙的凤凰石、茶园石、麻石居多，另有黟县青，色青质柔而表面细腻，着雨即黑，极适于精雕细琢。故徽州牌坊以石制仿木结构为主。

牌坊大多呈一字形横向排列，偶见口字形，中有门洞，以柱立地。顶部有斗拱、屋脊者，谓之楼檐式；顶部无遮挡，石柱直冲云霄者，谓之冲天式。柱基为偶数，有二柱、四柱之分。门则呈奇数，为柱数减一。因受程朱理学影响，徽州绝无北京天寿山明十三陵墓道入口"六柱五门"之超大石坊。水平来看，仿佛立于空中的牌坊，呈层层收缩、层层递进的态势。牌坊一层为一楼，徽州牌坊多为三楼、五楼形式。

徽州牌坊皆刻有铭文，自上而下依次为龙凤牌、坊题、坊注及坊联。龙凤牌位于牌坊顶部正中，因上下长而左右窄，边框雕有龙凤图案而得名。龙凤牌所铭刻文字多与皇帝有关，有"御制""恩荣""敕建""覃恩""诰赠"等，故又被称为"圣旨牌"。坊题为刻在额枋之间的文字，为该牌坊的名称。这或源于坊主的官衔，或出于他人的颂赞。坊注通常为小字，涵盖牌坊建造的具体时间、事由等内容。坊联左右对称，上下书写。徽州牌坊的

四世一品坊坊题及坊注

文字，皆出于当世大书法家之手，如歙县许国大学士坊之坊题为馆阁体，乃明代书法第一人董其昌之亲笔。倘若将徽州牌坊的铭文制成拓片，便可进入一个美轮美奂的书法世界。

　　自大明洪武帝始，民间立牌坊必须经皇帝御批，故立牌坊事由皆体现皇权的意志。南宋以降，新安理学勃兴，故徽人重科举功名，尤其推崇"忠孝节义"。徽州牌坊旌表事项，明代以"功名"为主，清代因徽商雄起，游走四海，故以倡导"贞孝节烈"为主。徽州牌坊有功名坊、贞孝节烈坊、忠孝坊、德政坊之分。古来老人百岁以上，皆称为"人瑞"，可开皇恩而立牌坊，对此《大明会典》《大清会典》皆有记述。徽州潜口蜀源村、歙县许村，现尚存两座"寿坊"。

　　每一座牌坊的背后都隐藏着一个真实动人的故事，细细品读，有着无尽的趣味。竖牌坊，乃承沐皇恩、旌表德行、流芳百世之举。徽州人希冀前人之德铭刻在石牌坊上，时光抹不了、雨水冲不去，后人永世效仿。于是，牌坊也成了石刻的经书，以顶天立地的气势，教化着乡民、

167

五马坊坊题

感化着子孙。

　　徽州牌坊，立于村郭前，成了故园的标志；竖在祠堂旁，彰显着宗族的威严；建在书院里，化育着世家子弟；修于桥梁上，增添了几分景致。数百年栉风沐雨，使得高大的牌坊历久而弥新、古老而深沉，在苍茫中诉说着久远的往事，于荣耀里透着无尽的惆怅。

三雕骈美一宇中

徽州人家，聚族而居，牌坊直立村前，祠堂静卧村中，民居绵延数里而不绝。当地建筑用材大多为砖石竹木，适于各种雕刻。其中，尤以木雕、石雕、砖雕之三雕，闻名于世。其技艺之精、雕工之美、营造之巧，即使天地造化不及，后人惊叹曰："天工人可代，人工天不如。"2006年5月，徽州三雕被国务院批准为第一批国家级非物质文化遗产。

因所处环境不同，徽派建筑所装饰的雕刻各有不同。露天场所及落地之物，诸如牌坊、柱基、石鼓、旗杆等，大多装饰石雕，可经风吹日晒而不腐。室内的窗格、雀替、斗拱、额枋、家具之上，木雕繁华，可纳天地日月之美。至于门楣、门罩、八字墙及漏窗，位于室内外转

棠樾石雕

169

换之间，装饰砖雕居多，可聚花鸟人物之趣。一室之内、一坊之上、一祠之中，三雕骈美，不着一色，低调而奢华，成就百年素封之家。

徽州三雕始于唐宋。明清之际，徽商勃兴，徽州文风劲吹，三雕达到鼎盛。明代雕刻简约大气而拙朴，多以人物故事为主；清代作品细腻繁复而精致，常以花鸟鱼虫为题。新安理学乃徽州三雕审美价值的基础，新安画派为徽州三雕审美情趣的源头，徽州版画、篆刻等则是徽州三雕繁复技法的源流。更为旷远的境界，来自徽州的江河溪水。川流如刀笔，以孜孜不倦的耐心、经久不息的力量，在徽州大地上刻画出一片美轮美奂的世外桃源。

徽州大族多为商贾，虽富甲天下，却为布衣之家，故习性低调而温雅，这使得徽州三雕虽工艺至臻至善，却素色淡雅，既无北方雕刻之多彩，又无南方雕刻之奢华。古朴尔雅之中，徽州三雕与黑白人家、四季山水，相谐成趣；一张一弛之间，无论时光如何流逝，它总是有着说不尽的审美情趣，道不完的审美意境。徽人生息其间，视为常物，其中意蕴渐渐地转化为平和的心态、淡淡的一笑。

漫步徽州古村，三雕无处不在。木雕当以卢村木雕楼为最，村中书院，冰裂纹形的木雕窗格，诉说着"冰冻三尺，非一日之寒"之古训；宏村承志堂前厅，"百子闹元宵"栩栩如生；龙川"江南第一祠"，被尊称为"木雕艺术的殿堂"，七十二幅荷花形态各异。石雕之精品，牌坊当推许村的五马坊、西递的胡文光刺史坊及府城的许国大学士坊。至于窗户，则有宏村的"喜鹊

卢村木雕

170

湖村砖雕

登梅"漏窗、南屏村的"琴棋书画"格窗、西递西园的"松石竹梅"漏窗。绩溪县伏岭镇湖村被誉为"中华门楼第一村"，二十多处砖雕门罩，汇集于村中一处深巷，数量之多、面积之大、雕工之精湛，令人叹为观止；新安江畔，黎阳古镇旁，滨江长廊中，大型砖雕作品"五百里黄山图"，气势雄浑，异常壮观。

　　徽州雕工，执着如磐石、温和似原木、拙朴若青砖，不为繁华所动，哪怕寡淡度日，一生守一艺、一家传一技，经年累月，在木屑泥灰中塑造出一片"刻刀上的徽州"。

九龙戏珠满天星

徽州民居窗格

徽州木雕为徽派三雕之一，常见于徽州人家的额枋、斗拱、雀替、窗格、家具之上。细木雕以银杏、枣树、楠木等材质为主，纹理清晰细密、质地松韧有度。家具用材，则以名贵的花梨、紫檀、乌木、柏树为主，色泽暗红幽深、手感温润饱满。徽州世家，温雅而中和，含蓄而恬静。因此，徽州木雕大多素面淡雅，质朴厚拙。

南宋伊始，徽人便以寓居福建的同乡朱熹之理学为正统，故当地儒风独茂，不好释家之术。徽州木雕所表现的题材，无论是孝顺贤良、九世同居、五子登科，还是云蒸霞蔚、奇松怪石、古道西风，抑或是松竹梅菊、九龙戏珠、祥云瑞兽，无不体现徽人好儒之风。至于新安山水，四季变换，皆在刻刀之下，浓缩成一块块精美的木雕。方寸之地，毫厘之间，徽州匠人用十数种刀法，镌刻了五层、六层乃至九层之多，将远山近水、亭台楼阁、花鸟鱼虫，一一布局。刻刀之下，人物鲜活、阳光灿烂、万物和美，充满昂扬向上之气，绝无点滴阴沉之风。

徽州木雕起笔为点，以线为主，点似春雨、线若游龙。韵自点生、美从线来，重叠、交叉、对称等变幻百出，构成一幅幅生动的画面。徽州木雕图案善用隐喻的手法，富于联想，引人无限遐思，细细解读，有着无尽的乐趣。其一，以物喻人。例如，工匠们用八仙的法宝，诸如荷花、铁拐、竹箫等，暗指"八仙过海"。其二，以物喻意。此类借喻，数量最多。石榴生百籽，象征家族兴旺、人丁繁盛；仙鹤翩翩，南山松青，蜜桃供奉于香案，寓意长命百岁。其三，以音达意。该类借喻多发挥汉字谐音的魅力，以单个图案及其组合，构成单字、词组乃至成语。蝙蝠飞舞，寓意"福"到；呦呦鹿鸣，当为俸禄优厚。倘若旁边再有一丛莲花，上斜笙箫，连贯起来，定是"福禄连生"。一马立于树下，猴子骑于马上，

徽州"商"字木雕

树丫中悬挂蜂窝，该为"马上封侯"；麒麟昂首瞪目，蝙蝠衔一串铜钱飞于不远处，应是"福在眼前"。

春雨油润，随风斜斜地洒入天井。你若得闲，可漫步村中，推开秦叔宝、尉迟恭把守的门扉，进入徽州人家的堂屋。冬瓜梁上网状线条，交叉错落，形似包袱；两侧简约刀纹，斜斜而上，勾勒出象鼻。额枋上，郭子仪祝寿、刘备招亲、二龙戏珠，热闹非凡。梁柱之间的雀替，狮子倒挂。屋脊上，鳌鱼吐水。四围的窗格，总是刻有各种清雅的花卉、诱人的果实。坐在明代的太师椅上，看昏黄的烛光从跑马楼的美人靠缝隙间泻出，听女子碎步而行的振动声在藻井中回荡。此时，清风四溢、疏影婆娑，溪水涨满了村外的十字小溪，你该寻一张清代的雕花床，在檀木香中悠悠入眠。

卢村木雕楼木雕图案

水磨青砖黟县石

　　徽州地处皖浙赣三省交接处，有白际、天目、怀玉诸山拱卫，呈万山环绕之势。山中危崖绝壁密布，石林纵横，盛产奇石。凤凰石出于邑内，茶园石多采自浙江淳安。黟县所产之石，曰黟县青，因色青质韧，意蕴雄浑而深沉，被视作珍品。浙江岸边，花山谜窟八十一平方公里的范围内，有数十个中空的地下采石场，石壁凿痕清晰可辨。这里所产的麻石，大多成了人家的石梁、石栏板、石臼，乃至古道上逶迤不尽的石板，古桥上依水而立的石栏杆。夏日天青，渔梁古坝，徽州石匠用燕尾状的石锁，将一块块巨大的花岗岩连接在练江之中。狂放不羁的江水，被拦成了一方静谧的港湾，停泊着一片片云帆。

　　徽州石雕之精华，从一座石坊中可窥一斑。石坊立于野外，饱经风吹雨打、岁月洗礼。无论冲天式、楼檐式，皆由高大而笨重的石料铆合而成。榫卯之间严丝合缝，使得天地之间的石坊，矗立于一条水平线上，直冲云霄。为结构牢固，石坊立地处的梁柱两侧都安有依柱石。依柱石精美而形状多样，或呈扇形；或如鼓状。因顾及承受力，石坊底部的梁柱上大多是浅浮雕或阳刻。顶部龙凤牌、坊题两侧，则以深浮雕、镂空雕为主，祥云瑞兽图案居多。清风穿过、蓝天透过，群兽云朵，奔涌而出，充满活泼生动之趣。

徽州砖雕分成制砖及雕刻两大步骤。制砖需经"洗泥、沉泥、制坯、窑烧"等流程。出窑的青砖最好呈淡青色。此时质地不软不硬，适于用刀，软则雕刻易碎，硬则刀入易崩。水磨青砖既成，雕刻必经"打坯、出细、修饰"之工艺。"打坯"者皆技艺娴熟之匠人，他们依据所刻图景，在一块砖石上凿出大致布局：景致由近而远，画面高低错落，层次累叠有序，构图虚实合度。"出细"之活，需小心翼翼，慢工细活，一天雕一花瓣、一月刻一人物，乃为常态，因耗时耗力，有"千金功夫"之称。"修饰"为画龙点睛之工序，从砖雕的整体结构出发，粘补断裂、拼排碎景、贯通花边、局部改进，以求浑然一体，至臻至善。

徽州砖雕主要位于民居的门楼、门罩，祠堂及寺庙入口的八字墙等处。"门"为居家的入口，国人视作人的脸面，故有"门脸"之说。徽州民居的门大多由"楼"和"罩"两部分组成。门洞之上，会有飞檐挑

西溪南砖雕门罩

176

湖村砖雕门罩

出，鳌鱼对峙、戗角飞翘、斗拱累叠，檐上泥塑脊兽列阵，既美观大方，又可遮阳挡雨。重檐之下的门罩，是砖雕匠人大显身手所在。亭台楼阁、人物故事乃至花鸟鱼虫，匠人极尽繁复而不疲，主人也乐见而不厌。门罩之雕刻，细看起来，上部深而悠远，下部浅而亲近，日光月影之下，层次分明、凹凸有致、亦真亦幻。

陋石出深山，集自然灵气所在，斧劈刀砍之间，幻化成器物。青砖源污泥，浴水淬火，经精雕细琢，呈现烟火之色、四季之景。新安匠人，以一把刻刀将人文自然浓缩于方寸之间，无论时光如何流转，世事怎样变迁，都在以瞬间凝固的符号，诉说一个过往的徽州。

十里红云读春风

歙县南乡，南山与竹山之间，山环水转，群峰泼黛。西来的渐江，受山体阻挡，挥洒写意北去，环抱一古村落。元末以来，这里为曹姓家族世居之地，因"枝叶分布，所在为雄"而得名为"雄村"。徽州大族"左贾右儒、亦贾亦儒、儒贾相谐"的典范，当首推雄村魏武曹家。魏武曹"四世一品""同科五进士""一朝三学政"的盛况，皆发端于竹山书院。

沿渐江之畔的悠长卵石道而行，自村东北水口入雄村，可见古树参天、繁花似锦处有一古坝。此坝遍植桃花，绽放时连绵十里如红云，故曰桃花坝。桃花坝旁，渐江西岸，有一书院，拾级而上，抬头而望，可见门楣之中书有四个苍劲雄浑的大字——"竹山书院"。此乃清代金石大家安庆怀宁人邓石如之手笔。竹山书院建于清乾隆二十四年（1759），因东隔渐江望竹山而得名，为典型的徽派私家园林建筑。竹山书院单体建筑规模宏大，亭台楼阁、小桥流水、花圃回廊，一应俱全，故被定为国宝级文物保护单位，乃徽州区域保存最为完整的古代书院建筑群。

竹山书院四周高墙围合，一条回廊曲曲折折、时隐时现，由南而北，串联起三组三开间、二进三楹的建筑群。竹山书院分为南北片区。南区

竹山书院

为正厅、讲堂及起居房舍，中有天井，皆为书院师生公用之所。北区则有两轩：一曰"清旷轩"，名称出自族中进士曹学诗所撰的《所得乃清旷赋》一文。轩前设露台，三面环绕石栏杆，望柱上置十四头活泼玲珑的石狮。台旁有池水，本为"泮池"，后曰"秋叶"。一曰"眺帆轩"，闲来端坐轩中，泡一壶清茶，东望浙江如黛，江上云帆高挂。连接南区与北区的回廊墙壁中，嵌有一巨大的黟县青，上刻"山中天"三个大字（每字高约一尺五，乃唐代大书法家颜真卿书），暗寓清康乾盛世之际，"山中宰相"曹文埴、曹振镛父子为政七十五年的辉煌史。东边围墙之旁，文昌阁拔地而起，直入苍穹，呈"贯日凌云"之势。阁为攒尖顶，双层八角，每面皆置有雕花木窗。风和日丽之时，登临阁顶，打开八面窗格，极目远眺，好峰无数到窗前，善水迢迢绕阁下。

院内空地，广植花卉，无论四季如何更迭，皆有应时之花次第吐蕊。假山、小桥、流水之间，篁竹滴翠，月夜疏影漏窗；杏花沾衣，清晨弥漫如雨；牡丹国色，谷雨魏紫姚黄；桂花天姿，中秋满园飘香。"竹杏

179

桃花坝桃林

丹桂"培育于一园之中，只因竹解空虚且节节拔高，杏坛受教而时时有悟，夺魁于百花，折桂于蟾宫。其景其意，无不与举子业一一关联。族中弟子自小生息其中，耳濡目染，终生难忘。

遥想当年，三月春风中晨曦泛起，桃花坝上，千枝粉红、万朵芬芳。着汉服的学子手捧竹简经书，穿梭于花下。琅琅的读书声，与渐江潺潺的流水声融为一体，相谐成趣。先生立于文昌阁中，俯瞰坝上点点星动的弟子，拈须颔首而笑，宽大的衣摆随风飘起。此时，一叶扁舟载着族中外出经商的子弟们，出没于渐江的风波中，直奔杭嘉湖平原而去。

第六章 万水千山出珍馐

猴坑人家夜沉沉

农历己亥年正月初十，车从"二刀一枪"建筑风格的黄山市黄山区新明乡乡政府门前路过，已是晚上八时。初春的雨夜更加深沉，黑暗无边无际地袭来，使得往猴坑村的道路显得悠远而没有终点。雪亮的灯光照在前方，仿佛切开一条隧道。一个小时的车程，不曾见到一辆对面的来车。万家灯火的太平见不到半点星光，雨夜的风声却是犀利。

过麻川河大桥时，我停了下来，只听见桥下浑厚的水流声，却无法觅得半点河水的亮光——麻川河在沉沉黑夜中入眠了。桥下透凉的水汽浮起，同行的人说，河水是去冬六百里山顶融化而来的雪水，一路而下，到了泾县境内，便汇聚成李白笔下深千尺的桃花潭。夜里九点，车子终于驶入群山中一个狭小的盆地。当地人一般把这种四围高山直立，中间巴掌大的平地，形象地俗称为"坑"。

东家老黄捧着一盆炭火迎接着我们的到来。屋里，一壶太平猴魁刚刚沏好，正是开盖轻喤时。茶盖打开的一刹那，整个房间弥漫着浓浓的兰花香。东家不断地道歉说："这是去年的陈茶，只是家常招待客人的一般粗茶。"然而，入口之时，觉得这是我四十多年来品尝到的最酽的一口。

　　清晨七点，我们在太平湖水拍岸声中醒来。我随着东家老黄登上四楼的观景台，四围在晨光中便一览无余地展现在面前：这是一个典型的徽派村落，有二十户人家镶嵌在山腰。左边太平湖弯弯的水道将人家挽起；右边是碧绿的茶山，山上的蜡梅泛出点点星黄，柿子树的枯枝上仍然悬挂着一两个去岁的果实。村后则是连绵起伏的群山。

　　我转过身子，指着村后高低错落的山峰，问着东家。东家说："村后山道六里，转过最矮的山，便是猴坑村。再高的山峰是凤凰尖，比凤凰尖更高的是狮子尖，而那掩藏在云雾中，巨大而遥远的山体便是'六百里'。"抬头望去，翠竹如海的山脊，用绿色的线条把一座座山峰勾勒出来，又悄悄地推入云雾里。

　　渐渐地，太平湖上的云雾也升腾起来，弥漫了上山的小道。老黄的五十铃爬行在盘山公路上，几分钟时间，前窗便涂满霜雾。宽不到三米的道路，不时有昨夜崩下的碎石子。老黄也不急，娴熟地开着车。突然，一棵折断的竹梢悬在路中间，老黄慢慢迎上去，让苍翠的竹叶如雨刮器

鸟瞰猴坑村

猴坑茶山梯田

一般从满是霜雾的前车玻璃上划过，顿时，车内一片霞光。

十分钟光景，车至猴坑村。猴坑村悬在山梁上，人家的房屋楔入青岩间。去年腊月的雪依然未化，一团团，拳头大小，凝固在茶树叶间。紫土上、烂石里，柿大茶树生机勃勃，叶厚而富有光泽，片片紫色，迎着初春的寒风翻动，仿佛可以弹出曼妙的音乐来。

村中无一人、门上无春联。老黄指着西南方的甘棠镇说："村里人都下山过年去了，再过两个月，清明前，他们都会陆续回来，在翠竹间采摘今春的猴魁。"村后有溪水，从更为高远的深山而来。沿着溪水，再徒步三四里，便至猴岗、颜家，可以寻到太平猴魁最初的发源地泼水凼。

离开的时候，站在岭头眺望，猴坑村渐渐与坑底的太平湖水融为一体，只有层层茶山梯田沐浴在云雾中，高不可及。

185

香飘南海—安茶

　　清康熙二年（1663），"新安画派"的开创者渐江大师已削发为僧，颠沛流离中，向故友索求安茶，书信言："极思六安小篓，便间得寄惠一两篓，恂为启脾上药，篓僧感激无量。"明末清初，黟县碧阳镇古筑村孙义顺于芦溪店埠滩始创"孙义顺"茶号。1932 年，祁门县尚有安茶字号四十七家，有"三顺""四春"之说。之后，受战事影响，安茶市场萎缩，渐至停产。1984 年，香港茶人关奋发，遥寄一篓安茶至安徽省茶叶公司，希望恢复安茶生产。受此鼓舞，安茶于不久复产成功。2004年 12 月 26 日，印度洋海啸爆发，惊魂未定的东南亚渔民纷纷从中国购来安茶，与新鲜果蔬一起抛入大海，恢复已停摆百年的祭海旧俗。2013年，以祁门芦溪乡为核心产区的安茶被批准为国家地理标志产品。三年后，享誉海峡两岸的茶界泰斗、台湾紫藤庐茶室主人周渝先生，专程飞往祁门芦溪，探访安茶百年老字号"孙义顺"。

　　祁门芦溪倒湖为皖赣交界点，源于大洪岭的大洪水与发脉于茫茫仙寓山的大北河在此汇合，始称"阊江"。倒湖因夏日暴雨次第降落于两水流域，一水猛涨、一水平静，形成相互倒灌的奇观而得名。谷雨时分，自倒湖逆流而上，云蒸霞蔚之中，山水交界处，肥沃的冲击土层上，槠叶种茶树，经过近千年的选种，依然郁郁葱葱于间种的乌桕树、滇楠木下。着青衣的采茶女们唱着茶歌，用葱指将一芽二叶、一芽三叶的鲜嫩茶草盛满竹篓。蕊芽离开枝头的瞬间，仿佛可以听到清脆的声响。河中群鸭的嘎嘎声回荡在芦苇间；两岸人家掩映在一片茂林修竹后，隐隐约约。

安茶旧称"六安茶""徽青茶""笠仔茶"，又名"篮茶""香六安"，品类介于红茶与黄茶之间，生产工艺主要习于霍山黄大茶。谷雨与立夏之间采鲜叶，制成毛茶并烘干

安茶

后，需等农历七月，白露节气来临，天凉露水重的夜晚，充分吸收"凝如脂、甘如饴"的无根之水，才能入锅蒸煮，压实打包。夜露工艺为安茶所独有，坊间盛传源自明嘉靖年间的道家仙说。成品安茶以山中盛产的野生箬叶包裹，放入椭圆形的小竹篓中，经三年陈化后，方可上市销售。

剪断竹篓、撕开箬叶，可见青褐色的茶块凝结在一起。以木片撬开一坨，入锅煮之，三五分钟，茶汤便呈琥珀色，宛若朝霞，又似夏日雨后，夕阳照在水面之景。茶水初入口，略有涩味，回甘中泛出槟榔香，细细品味，又似有百年老参之味。因安茶的主要功效为祛湿健胃、消瘴去火，故其

茶农以箬叶包裹安茶

大销于闽粤、东南亚市场。历史上,百年安茶虽由于日寇侵华而一度停产,但南海四围源源不断的老茶客,又催生了它的复兴。

自渚口沿大北河入倒湖,十公里的河谷,仿佛无人之境。两岸青山、洲头茶树,水洗般的明净,不着一尘。古老的码头、黑白的村舍、恬静的茶人,让人顿感还生活在久远的年代。

祁红特绝群芳最

武夷山桐木关，闽赣交界处，明代中叶，世界红茶鼻祖"正山小种"于此诞生。沿东经117度一路向北，穿江西铅山、饶州便至景德镇。在这里，龙窑新出的白瓷在秋日的阳光下泛出诱人的光泽。逆阊江而上可至祁门，1875年，"世界三大高香红茶"之一的祁门红茶在此悄然问世。

古徽州祁门，地形呈巨大的枫叶状，神奇的北纬30度线穿境而过。邑内黄山西脉连绵不绝，牯牛降、大历山等横贯东西，马翁山、雾雅山、水竹尖等傲视东南。阊江、新安江、秋浦河从群山中奔涌而出，将大地冲积切割成山间盆地、河谷平畈及近岸的中低山区。肥沃的土壤、温润的季风、适度的光照、丰茂的密林、轻飘的云雾，为茶树提供了绝佳生长环境。

祁门红茶一律现采现制，工艺繁复而精细，大致

祁门红茶芽头

分为采摘、初制及精制三大流程。鲜叶采摘，以手工为主，精选嫩绿而肥硕的一芽一叶、一芽二叶之茶草。初制分"萎凋、揉捻、发酵、烘干"等工序，使得绿油油的鲜叶幻化成紫铜色，茶身收缩成条状、香气透发而外溢，再文火烘焙至干爽。精制工序最为烦琐，对技艺要求极高，涵盖毛筛、抖筛、分筛、紧门、撩筛、切断、风选、拣剔、补火、清风、拼和、装箱等步骤。因制作耗费大量时间，故祁门红茶又被俗称为"工夫茶"。清明、谷雨之际，祁门空气中处处弥漫着茶香，茶园、茶厂、村落中，一片繁忙景象，可谓男女老少皆为茶事，家家户户忙于制茶。

祁门红茶茶园

　　祁门红茶为红茶中的上品，与印度大吉岭红茶、斯里兰卡锡兰红茶并称为"世界三大高香红茶"。"祁红条索紧秀，锋苗好，色泽乌黑泛灰光；香气浓郁高长，似蜜糖香，又蕴藏兰花香；汤色红艳，滋味醇厚，回味隽永"，故被誉为"群芳最"。

　　祁门红茶之香，馥郁浓烈，直扑心田；持久绵长，入口难散。香型，则因似果非果，似花非花，似蜜非蜜，难以用语言精确描述而被冠以高贵的"祁门香"，这是世界上唯一以地域命名的香气类型。冬日雪霁，清饮祁门红茶，需备山中泉水、景德镇的白瓷，以娴雅之心，先嗅其香，再尝其味。鱼目之水入盏，茶汤红艳，一道金圈从白瓷盏边悠然而现。此时，色香味俱全，饮茶人感官大张、身心俱动，乐趣无穷。因属于全发酵工艺，祁门红茶的包容性极强，调饮之时，可加入方糖、柠檬等，西方人尤喜加入牛奶。颇为神奇的是，其他产地的红茶，牛奶倒入，艳红的茶汤顿时暗淡许多，唯有祁门红茶，反而透出明艳的粉红，色泽依然迷人。祁门红茶也因此成了英国皇室的御用茶饮，成就了欧洲人尊贵而优雅的"下午茶"时光。

春日祁门，自大洪岭而下至塔坊，一路皆险滩激流。之后，江水变得平缓。此时，祁门红茶始装船外运，过程村碣、芦溪，直奔鄱阳而去。其后，祁门红茶或"漂广东"至广州十三行，行销欧美，或入大江至汉口，通过万里茶道辗转至恰克图，远销俄罗斯。祁门红茶以新生的力量，填补了清后期中国绿茶滞销海外而产生的缺口，维系着"白银帝国"的盛誉，并于1915年，勇夺巴拿马国际博览会金奖。

一壶新茗泡松萝

不风不雨正晴和，翠竹亭亭好节柯。

最爱晚凉佳客至，一壶新茗泡松萝。

1763年中秋满月之日，正值"扬州八怪"之首的郑板桥七十寿诞。此时天气晴好，园中新竹亭亭、丑石杂陈；室内墨香氤氲，端砚、宣纸齐展。风来竹声韵，月洒幽兰香。郑板桥用伴随自己近五十年的雨前松萝茶，招待着四方而来的文人雅士、达官贵人。

松萝茶芽头（方承斌　摄）

二百多年前，一游方僧人出姑苏虎丘云岩禅寺，一路向西苦行，停驻在休宁县北的一座山峰之上——僧名大方，山曰松萝。松萝山高八百八十二米，立于黄山、白岳之间，因四处松萝丛生而得名。峰下有洞，山中有瀑，岩洞与瀑布之间，

茶垄间的采茶女（方承斌 摄）

翠竹扶摇之境，是上、中、下三片野生梯田茶园。松萝茶树生于紫壤与烂石之间，"清而不瘠"，气香而味腴。大方和尚挂单于松萝寺，改良虎丘白云茶的采制方法，经年累月，以炒青之法，创制出"中国散茶鼻祖"松萝茶。

自神农氏以茶解百毒始，茶在中华大地郁郁葱葱了五千多年。唐宋之际，以饼茶为主。饼茶制作工艺烦琐，泡饮器具奢华，价格高昂，据传一饼茶值二两黄金。为采茶、制茶，男废耕、女废织，文人官宦更是斗茶成风。为解茶农之苦，改奢靡之茶风，回归茶的原味与本真，明洪武二十四年（1391），太祖下诏"改团茶为芽茶"。松萝茶适时而出，一经问世，便因"色如梨花、香如豆蕊、饮如嚼雪"而风靡天下。

谷雨前后五日，是松萝茶采摘的最好时节，太早茶味不全，过迟则茶韵尽散。晨起无云，群山黛色，夜露挂在芽蕊上。这时，徽州女子便会散落在茶垄间，凌露而采，觅得成梗带叶、蕊泛微绿、卷曲成团的肥厚茶草。

炒制松萝茶，需以专用于炒茶的老熟铁锅。入锅茶草宜盈盈一握，大约四两。锅热开炒，佳品皆出手工。此时，手若游龙穿云破雾，茶如绿瀑上下翻飞。快手炒匀后，出锅在篾箕上摊成薄薄的一层，用蒲扇扇冷，稍加揉捻，略炒后文火焙干。一炒一焙，一文一武，一快一慢，一冷一热，其中玄机，尽在心手之间，拿捏分寸毫厘不差。熟则茶色泛黄，生则茶生暗黑；顺则茶味甘，逆则茶味涩。

松萝茶问世后，结束了隋唐以来烦琐而漫长的抹茶泡制法。撮泡松萝，只需将细茗放入瓷杯之中，用鱼目之水直接冲点。此为"瀹饮法"，民间俗称"冲泡"，根据茶与水投放的时间次序不同，有"上投""中投""下投"之分。阳春三月，几案之上，松萝新茶初放，舒展在青瓷杯中。茶香与书香弥漫，翡翠茶汤与黑白文字交织，心中只有自然本真，哪管窗外纷繁的世界。

松萝之茶，产于休宁松萝山，因大方和尚开创中国散茶炒制法而流传开。至今，它已渐渐演变为绿茶的代名词，以至于常有其他地域的炒青茗茶，被冠以"松萝"之名。松萝茶"烹之色若绿筠，香若兰蕙，味若甘露"，古往今来，不知引得多少茶客为之倾倒，以至于"扬州八怪"之一的休宁人汪士慎，一生清逸秀雅，以梅为痴，煮泉百千瓮，只为故乡松萝茶，留下了"知我平生清苦癖，清爱梅花苦爱茶"的诗句。

冷韵毛峰出云雾

"天下名山，必产灵草。江南地暖，故独宜茶。"方圆1200平方公里的黄山，72峰耸立，奇花异草四季芬芳。明代徐霞客有言："薄海内外，无如徽之黄山。登黄山，天下无山，观止矣！"故黄山被冠以"天下第一奇山"的称号。宋嘉祐年间，黄山始产茶。至明隆庆年间，黄山茶大兴。黄山群峰高耸，常年为云雾笼罩，故初产之茶，被称为黄山云雾茶。此茶冷韵袭人，清香浓郁，色翠而蕊嫩，仿佛不着一丝凡尘的俗味。

明隆庆开海禁，徽州之茶通过"瓷茶之道"至广州十三行，远销海外。五口通商后，1843年11月，上海开埠。因上海位于中国大陆海岸线的中部，长江入海口处，离京杭大运河不过百里航程，无论内外贸易，皆占有地利之先，中国贸易的中心逐渐转移至此，徽州茶号也多设立于此。19世纪60年代后期，印度阿萨姆邦的大吉岭红茶凭借价格的优势，在欧洲市场崭露头角；西湖龙井、太湖碧螺春、庐山云雾等名茶，因上市早、产量少、做工精，畅销上海滩，呈价高利厚的态势；徽茶则因太平天国的兴起，战火绵延到徽商的家园，阻断了徽州至上海的商道，日渐式微。

为重振徽茶，清光绪初年，茶叶世家谢氏第四十七世裔孙、慎裕堂主人谢静和于徽州漕溪始创黄山毛峰。漕溪位于黄山南麓的深山大谷之中，丰乐河穿境而过，林中涧边多茶园。此地雨量充沛、峰高谷寒、丛林蔽日，日照时间短而漫射光多，土壤肥沃而腐殖层厚。茶园处处云雾缭绕，遍地幽兰丛生，所产茶草可浸野花之芳泽、得山岳之正气、汲自然之精华。

清明、谷雨之际，黄山种郁郁葱葱于黄山桃花峰、紫云峰、云谷寺、松谷庵、吊桥庵、慈光阁一带的云雾里。此时，可入"四大名家"（汤口、冈村、杨村、芳村）的茶园，采一芽一叶初展的茶草，以烘青之法炒制特级黄山毛峰。

黄山毛峰芽长叶厚，肥壮柔嫩，色泽嫩黄披银毫。特级黄山毛峰形如雀舌，匀齐壮实，锋毫显露，色显嫩绿若象牙，鱼叶金黄。其中，"金黄片"和"象牙色"乃特级黄山毛峰独有的外形特征。入杯冲泡，雾气

黄山毛峰原产地

制作中的黄山毛峰

环绕结于杯顶，清香四溢。开汤后，芽叶舒展，箭状浮沉，直上直下，如"一旗一枪"，故有"轻如蝉翼，嫩似莲心"之美誉。入口，醇香鲜爽，回味甘甜。

黄山毛峰一经问世，便因色香味俱佳而风靡十里洋场的大上海，继而一路北上，盛销于京师、东北；漂洋过海，以新贵的身份，畅销欧洲四五载。1875年，对于徽州茶业来说，是值得大书特书的一年。这一年，黄山毛峰问世，一扫徽州绿茶的颓势；祁门红茶诞生，夺得了"群芳最"的盛誉。

三茶六礼谈茶俗

徽州产茶，尤出名茶，唐有"浮梁歙州，万国来求"之说。1955年评定的"中国十大名茶"，徽茶占有其三，分别是太平猴魁、黄山毛峰及祁门红茶。此外，金山时雨、松萝茶、顶谷大方、屯溪绿茶等茗茶也香飘万里。"天下之民寄命于农，徽民寄命于商。"徽商纵横商界四百年，以茶、木、盐、典而行销天下。其中，茶为徽商发迹之本。徽人于山水之间，种茶、制茶、品茶、卖茶。茶以千年为计，已渗透到徽州人生活的方方面面，成就了徽州式的生活方式，造就了徽州人的心性与品性。

徽人好茶，故当地有"饭可以不食，茶不可不饮"之说。晨起早茶，其味在清；饭后午茶，其味在酽；夜茶随意，或浓或淡——此为"一日三茶"也。倘若有贵客来访，无论阴晴还是冷暖，总是奉上一杯清茶，佐以枣栗、卤蛋等点心，此为"吃三茶"。富商大贾、文人雅士、僧尼道众以及普通农家，以茶会友，有着不同名头。富士茶求奢，文人茶求雅；出家人求空，乡下人求诚。徽人常以茶入菜，别具风味的有毛峰虾仁、顶谷鱼牛、雀舌烧鸡等。

徽人一生，总是与茶有着道不尽的因缘。徽人相亲，必有"三茶六礼"。

成亲之日，有"斗床茶""进门茶""拜堂茶""合卺茶""新娘茶"等茶礼。新婚一月，择单日，或三或五，娘家舅会挑着茶礼而来，以示对这门亲事的重视，此为"满月茶"。新生儿出生三日，当以茶水洗礼，一月后，也会有"满月茶"。依绩溪旧俗，外孙出世，外婆家待客，壶中倒出来的是茶水，便是男孩；酒香满堂，定是千金。孩子抓周之日，"周岁茶"是必不可少的。到了读书年龄，孩子会给私塾先生呈上一杯热茶，以示敬重。先生笑着接过"开蒙茶"，便面授《三字经》《弟子规》《菜根谭》之类。成人后的徽人，无论是从举子业，还是投师学艺，都免不了行"拜师茶"，其中最为庄重的仪式，便是单膝跪地，双手将盖碗茶举于头顶，高呼"请先生 / 师傅吃茶"，故民间有"奉茶弟子"之说。

阊江边的婚礼（李益新　摄）

清明、谷雨之际，茶园之旁，茶人汇聚。此时，鞭炮齐鸣、鼓乐齐奏，古老的茶树上挂满红绸带，茶篓整齐地摆放在青草间，采茶女的笑容如阳光一般灿烂。人们祭祀天地以及茶圣陆羽，一时间，茶园中弥漫

休息中的茶农

着茶香与檀香。这便是徽州地区常见的"开茶节"。仪式过后,日光正好,采茶女唱着茶歌,四散于青青的茶垄间,凌露而采。数支香的工夫,村中的空地上,便会布满碧绿的茶草。茶坊里,炭火烧得正旺,空气中弥漫着新茶香。

　　徽州世家,大多源自少茶的中原。古老而纯正的中原文化,远道而来,扎根于徽州的漫山茶园中,与茶融合在了一起。农人借茶而生,商人借茶而兴,文人借茶而歌,僧人借茶而悟,使得茶已经超越饮品的层次,成为文化浸润的介质。徽茶由饮而俗,由俗而艺,由艺而道,成了徽文化不可或缺的组成部分。

万水千山出珍馐

　　文化即生活，"饮食男女，人之大欲存焉"。中华之博大，三山五岳、五湖四海道不尽；中华之差异，细雨江南、孤烟大漠说不完。国人之口味，有"东酸西辣，南甜北咸"之说，即使区区一个辣味，便有"不怕辣""辣不怕""怕不辣"之分。纷繁复杂中，不外乎"山珍海味"。如果说，八大菜系中，粤菜是海味的代表，那么，徽菜便是山珍的代名词。

　　徽州属于湿润性亚热带季风气候，温和多雨，四季分明，夏无酷暑、冬无严寒。境内群山逶迤，溪水奔腾。高山大谷，人迹罕至，仿佛无尘之境，是野生动植物的天堂。徽人顺水而居，缘山结庐，其田地掩映在茶林、竹林下，尤适于种植瓜果蔬菜。一年四季，徽州的群山中、溪水旁、菜园里，总是有源源不断的新鲜而诱人的食材。

　　正月里，徽州大山中的冰雪开始融化，形成汩汩溪流。嫩绿的水芹菜不久便染满了溪水边。不远处的竹林中，有山民荷锄带筐，从冻土中挖出雪白的冬笋来。二月，一场暖雨过后，竹海中的苗笋拱出地面，其后，燕笋、金笋、水笋、木笋等都悄悄而来。此时，最宜去歙县的问政山。

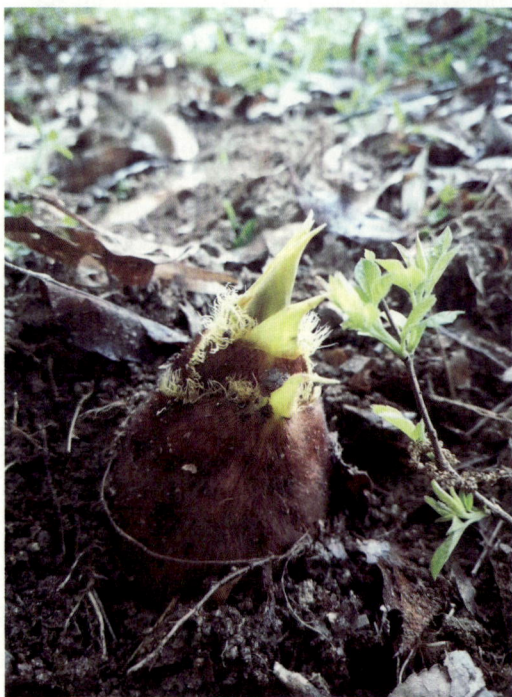

问政山笋

因特殊的土质，问政山笋呈象牙色，离地落下，瞬间会破碎成泥。燕笋，则长于海拔千米的大鄣山之上，因常年为云雾笼罩，故鲜嫩异常。

三月清明，溪水中的石斑鱼上下游弋；岸边的青蒿、鸭舌菜、马兰头，与兰花间生。休宁县鹤城乡五股尖，石鸡鼓胀着巨大的腹部，在空山中高鸣。肥美的蕨菜，铺满了山间小道。你可以采上一捧，就着肉丝，炒制龙爪肉丝，也可以将其制成蕨粉储存起来，冬日里烧制美味的蕨粉羹。仲春之日，歙县深渡，新安江大拐弯处的漳潭、绵潭、瀹潭，三潭枇杷正成熟于青枝绿叶间。初夏，是黄花菜盛开的季节。歙县与绩溪两县交接处的清凉峰野猪塘、横跨祁门与石台的牯牛降，野生的黄花菜在溪边的林荫下，迎风摇曳。盛夏的骄阳里，沙滩地中，沙瓤的灵山西瓜，硕大甘甜。婺源县的江湾雪梨，体大饱满、清脆爽口，尤以质白而汁多的"六月雪""西降坞"为上品。"人间天物"荷包鲤鱼，头小尾短、背高腹圆，通体呈鲜艳的橙红色。

秋日，是徽州农家丰收的季节。扁豆、绿豆、黄豆、豇豆，纷纷炸开。黄澄澄的玉米挂在田畴间，火红的辣椒晒在屋顶上。红薯洗去泥土的包裹，即将幻化成美味的粉条。南瓜随意地堆放在墙角，等待轻霜打过。金竹岭头，"中国四大名菊"之一的黄山贡菊，与晚霞在天边相接。皖浙交界处，三口蜜橘青中泛黄，在晨露中饱满而多汁。霜降过后，歙县扬之水两岸沙土地中，桂林甘蔗青青的枝干，风过沙沙作响，好像随时会折断。随意选取一根，即使你从根部吃到梢头，都是一样的清甜，且仿佛没有一丝残渣。

三口蜜橘

　　徽州的食材，无不来自大自然的馈赠。千年以来，徽人只是在最合适的时节，选取最味美的食材，制成珍馐。故徽菜最注重于本真之味。"有味出其味"是徽菜的道家哲学；"极味取其中"，则体现了徽菜的中和之道。徽人离开深山而求中和，退隐田园而归本真，便是平淡的生活所赋予的处世之道。

寻常人家 "赛琼碗"

徽菜本源南宋时歙县、绩溪一带的农家土菜，兴盛于明清。徽厨们就地取材，以溪涧河鲜、山中野味、园里时蔬，用旺火快炒、文火慢炖、烈火煎炸、淡火焖烧，烹制出具有浓浓地域特色、丰富而实惠的家常菜肴。

臭鳜鱼

徽州人稠地少，所产食材极为珍贵，因此除应时享用之外，多余部分，当地人必腌制起来备用。徽州食材多微微发酵，烧制时，徽厨又善用豆酱与酱油增味提色，故民间戏称徽菜"轻度腐败，严（盐）重好色"。

徽州之地，文化凝一，物产不同。因

此很多徽菜名品，嵌有发源地的名称，诸如问政山笋、李坑炙肉、五城豆腐干、新安关豆腐脑髓、深渡包袱饺等。极具特色的徽菜，反而散落在徽州的镇乡之间：一品锅当数绩溪上庄的为最佳，最好的毛豆腐出于徽州区的呈坎，休宁蓝田的红烧花猪肉最是让人垂涎欲滴，徽州区灵山村的酒酿微醺徽州数百年。游历徽州，即使步入路边的寻常小店，也能享受到风味绝佳的菜肴，似乎徽州的每一个餐馆都能烧制出一桌地道的徽菜。

慢炖中的徽菜

绩溪伏岭镇，世居于此的邵氏家族历来出徽菜名厨，尤擅长烹饪乡筵。绩溪筵席，根据菜品数量及品级不同，有"四碗四""八碗八""八碗十二盘"之分，冷盘、热盘、果蔬、糕点皆有，荤素搭配、简奢有度。休宁乡筵，最高档次的则为"六冷、六炒、六大菜"；婺源民间，乡筵最高规格居然有"八碟二十四盘"。但无论什么规格的乡筵，上菜的顺序都有严格的规定。徽州民间有"上台鸡、下台鱼"之说，头菜必为鸡，尾菜皆是鱼，头菜与尾菜相连，寓意"大吉大利，年年有余"。

中原而来的徽州大族，聚族而居，严宗法而尊先祖、重礼仪而尚神灵，因而一年之中，祭祀、时令节日及神会极为繁多。正月初一为春节，初五接财神，十三迎灶神，十五闹元宵。腊月初八熬粥，二十三谢灶神，二十四烧年，三十为除夕。正月与腊月之间，有土地节、清明节、立夏节、端午节、安苗节、中元节、中秋节、重阳节、下元节及冬至等。神会有花朝会、保安会、赛花会、五猖会、火把会、观音会等。族内的祭祀活动，完整而庄严，分为春祭、秋祭、中元祭、冬祭、忌日祭及诞辰祭六祭。举办民俗活动之时，众人齐聚，徽厨一展身手，美食必不可少。

徽州的民俗活动，规模最大、场面最为隆重的当为"赛琼碗"。此为徽菜的文化学源头、安徽省省级非物质文化遗产。正月十八，为徽州守护神"太阳菩萨"汪华的冥诞之日。这天，徽州人倾城而出，捧出最好的琼浆、奉上最美的佳肴，共祭汪国公。"赛琼碗"祭祀菜品最高峰的时候，摆放十二排，每排二十四道菜，共有二百八十八道珍馐。后经历史变迁，"赛琼碗"的菜肴形成定式，即三十六道冷盘、七十二道热菜，共计一百零八道。

当宋高宗赵构向大学士汪藻问询"歙味"时，汪藻引用梅圣俞"雪天牛尾狸，沙地马蹄鳖"的诗句，描述了故乡极负盛名的两道徽菜：徽州的冷溪清澈透底，在其细腻的沙土上爬行的马蹄大小的甲鱼，肉厚而紧实，清炖最为美味；冬日的黄山中，雪花漫天，果子狸在雪地中穿行，翘起的尾巴细长若牛尾，红烧当是上品。

石头粿香飘新安

　　永嘉之乱后，北方大族衣冠南渡，给徽州带来了中原地区丰富的饮食文化。唐宋时期，徽菜逐渐成形。至明清，随着徽商的崛起，徽菜传遍大江南北，享誉四海。

　　徽人出徽州，包袱中总是带着故乡的石头粿，饥饿时便就着山泉水，匆匆饱腹。石头粿，雅称"塌果"，大多以晒干的香椿为馅，上压黝黑光亮的石头，文火煎制而成，乃徽州商人的"压缩饼干"。黟县西递村的胡贯三，为"江南六大富商"之一。然而，他每次巡视其二十多个连锁店，都不花分文，饿食石头粿，困投自家店。

　　南宋伊始，徽人走出徽州

石头粿

大山，或行商天下，或异地为官。徽菜便随着徽人蔓延九州。徽人出徽州主要分三路：一是从歙县渔梁古坝乘船，漂新安江而至杭州，借道大运河，散布于杭嘉湖平原；二是自绩溪出发，经宁国、宣城而至浙江孝丰、安吉一带；三是沿青弋江入长江，或停驻于芜湖，或逆流而上至湖北，或顺江而下至苏州、无锡、上海一带。其中，上海、南京、芜湖、武汉等长江流域重镇，为徽州菜馆的聚集地。抗日战争时期，随着国民政府南迁至重庆，徽菜便开始渗透到云、贵、川等西南内陆。

徽人经营餐饮，邑内大多起家于路边摊贩，甚至于一肩可以挑走的担子。时至今日，黄山屯溪老街依然有挑了百年的"汪一挑"馄饨摊。徽州之外的餐饮，多发端于面馆，经济实惠而口味正宗。一旦面馆经营有了起色，徽州的其他生意人便合股而入，将其升级为规模更大的徽菜馆。徽菜馆字号雅致，带有明显的徽文化色彩。清同治三年（1864），在上海经营茶号多年的绩溪上庄胡氏族人，在上海陆家桥下开设集贤楼面馆，随后又于洪升码头开设大酺楼徽菜馆。比较著名的徽菜馆老字号有上海海华楼酒菜馆、上海大富贵酒楼、武昌徽州大中华酒楼、芜湖同庆楼菜馆等。

自绩溪家朋乡至伏

胡适一品锅

岭镇，胡家、湖村、霞坑、祝三等古村落，沿着登源河谷地错落有致地分布着。这些古村落为邵姓、路姓、胡姓、章姓、高姓等家族聚居之地，也是徽菜大师的云集之所。其中，绩溪大石门乡近坑村的路文彬大师，名震上海餐饮界五十年。在业内有"黑铁"之称的张仲芳，于武汉杏花天酒楼，以江鲜为主料，创制四十多种鱼肴。1956年，绩溪县伏岭镇章本桃创制的名菜清蒸武昌鱼、杨梅武昌鱼，激发了一位浪漫主义诗人的创作灵感，写出了流传千古的著名诗句。2020年7月16日，绩溪县西坑村程裕有创于民国三年（1914）的同庆楼，经百年岁月沉淀，于上海证券交易所鸣锣上市，标志着古老的徽州菜馆完成华丽的现代化蝶变。

徽菜虽为山中土菜，但因发脉于"程朱故里"的徽州，故天然地便带有文雅之味。"有味出其味，无味使其入，异味使其去，极味取其中"的料理哲学，使得徽菜在留有山中野趣清香的同时，也融入了儒家的平和中庸之道。

黄金果与白玉花

我始终觉得，人与外物之间是存在缘分的。所谓的喜爱，不是突然产生的，而是一直根植于你的内心深处，只是常常处于休眠状态，甚至于你自己也浑然不觉。某一日，某一事或某一人偶然与你发生了交集，顿时会唤醒这枚沉睡已久的种子，促使其发芽、开花而结出硕果来。我与徽州产生缘分只因徽州曾对我回眸轻轻一笑。这一眸一笑，可能是一湾池水、一本旧书、一座庭院，甚至有时候只是青枝绿叶间的一朵白色枇杷花。

十年前的五月，我怀着幼儿般的好奇心，懵懵懂懂地闯入新安江流域。在深渡的新安江大拐弯处，看到几头健壮的水牛在河滩中，埋头啃食着嫩嫩的青草；一只船儿搁浅在滩涂边，随着新安江的潮水摇摆着；鱼鹰在江水中上下穿梭，不时叼出一条白花花的鱼儿。这时从山边茅草夹道的小径中，飘出一段绵长的徽剧小调，走出一个穿着素色衣裳的徽州女子。她挎着的竹篮中，密密匝匝地排列着一颗颗绛色的李子——那果儿似乎刚刚离开枝头，露珠滚动在细腻的果皮上，又一滴一滴地滑下，穿过竹篾的缝隙，晕染了女子多彩的绣花鞋。

　　六月，天气燥热，蝉儿鸣于枝头，芦花鸡在柿子树下游荡，空气中流淌着熟麦的芬芳。我全副武装，准备穿越二十公里的徽杭古道。古道入口的客栈中，方姓老伯从地里摘来了碧绿的西瓜，用冰凉的井水浸泡了半个小时。老伯铮亮的瓜刀在空中划过一道美妙的弧线，西瓜在清脆声中裂开，鲜艳的红色迅速飞到我的眼中，甜美的汁液流出。我虽然还没有吃，但已闻到西瓜特有的清香。

　　十年间，每年冬日到徽州，在歙县深渡的漳潭、绵潭、瀹潭一带，总能透过新安江升起的轻雾，远远地看到田间地头、屋后墙边绿油油的枇杷树上，开着白玉一般的花朵。"一棵枇杷树，两个大枝丫。未结黄金果，先开白玉花。"这原是描述三潭枇杷的俚语，此刻倒是成了接地气的诗句。有一年初夏，我带着学生走完徽杭古道回合肥，路过歙县的桂林镇，看到路边齐刷刷地摆着一排排竹篮，竹篮里装满黄金果一般的枇杷。那次，我掏空了口袋，买了几篮枇杷带回合肥，送给她。她是如何吃的，我已记不清了，只记得她用整齐雪白的牙齿咬开金黄枇杷的刹

三潭枇杷摊点

211

运输中的三潭枇杷

那间，笑容绽放在脸颊上，目光如早春的湖水一般清澈，黑发在风中悠悠地飘着。

去年五月中旬的一天，我们一群人在暴雨中徒步六个小时，穿越大洪古道，来到柯村，寻得一户农家进去。农家庭院中，满园的枇杷熟透了，果实挂在枝头，色彩倒更像是花儿。你不必用手，只需走近一点，昂起头、翘起下巴，就可以含到一颗饱满而多汁的枇杷。接下来，你一定要小心，因为刚刚脱开枝头的枇杷，落入口中、破开薄薄外皮的瞬间，会把你甜酸得眩晕过去的。

此时已是四月底，春雨婆娑在月夜下，巢湖水涌动的声音仿佛可以传到我书房的窗棂。突然，三潭种枇杷的果农朋友给我发来了微信："再过一个月，白花枇杷就要熟了。今年正月霜冻，产量只有常年的十分之一，价格会略高一点。你会像往年一样，买上几篮，送人尝尝吗？"

看了这段文字，我一直在想，这满满的一篮春味将送与谁。

后 记

2020 年 4 月 14 日，庚子年庚辰月丁亥日，我因疫情困守在家中。这是我接触徽文化的第三十个年头。三十年来，我阅读了数百本关于徽文化的著作，几乎走遍了徽州每一个有名的古村落，甚至徒步近三千公里，踏遍徽州的古道，算是入了古徽州的门槛，略知徽文化的博大、深厚、精纯与价值。然而，徽学自 20 世纪 80 年代勃兴以来，一直局限于学术的象牙塔内，难以为大众所了解。于是，在新冠疫情肆虐的春日，我暗自发愿：用我的笔，以抒情散文的形式，将高深的徽文化请出"深闺"，简单明了、生动有趣地展示给大众，从而修正其传播形式，还原文化的本原价值。

我以"七日一徽说"为主题，每一周撰写一篇，并且很荣幸地邀请到上海财经大学的付春博士及她的弟子加拉斯为文章录制音频。付春师徒醇厚的嗓音，为文字增添了无穷的魅力。其间，很多徽州当地摄影师的作品，也被我请入文中。文字、图像乃至语音的结合，算是多种传播形式了。

写作开始，第一篇、第二篇乃至第十篇，得到的反馈多是质疑：质疑我的文章，质疑我的能力，质疑我的耐力，乃至质疑我徽学方面的学术水平。我自小性格执拗，既然已经在路上，即便是面对诸多的质疑，也会朝着目标一直走下去。二十篇、三十篇、四十篇，渐渐地，质疑转化为赞成、支持乃至援助。很多友人，甚至陌生人，将第一手徽学资料主动提供给我，使我不敢有丝毫的懈怠。有时候俗事缠身，有时候文思枯竭，有时候病体折磨，感到难以完成一周一篇的工作，但想想支持者的目光，我只有笔耕不辍。万幸的是，至今没有出现一次断更。这不是我的能力使然，而是责任的驱动所致。

如今，2023 年 2 月的初春时节，也是歙县卖花渔村梅花盛开的季节，《七日一徽说》已经完成了一百五十篇。颇为幸运的是，出版社计划将这三年来的文字结集成三本出版。其中，第一本《不敢写徽州》将于近期出版，第二本也将于年内出版。

虽然是散文的形式，但这些文章是有内在的徽学学理存在的。第一本《不敢写徽州》，收录了六十四篇文章，涉及徽州源头、徽州地理、徽州古村落、徽州宗族、徽派建筑、徽州三雕、徽茶及徽菜等多个领域。其实，三年的写作，最大的收获是：自己本来支离破碎的徽学认知，逐渐系统化，并有了质的突破。这坚定了我前行的信心。

最后，谨以此文感谢三年来一直关注与支持的读者，感谢为我提供资料的学者及徽文化爱好者，感谢为文章提供传播渠道的安徽财经大学"新徽商大讲堂"App 及其他诸多媒体朋友，感谢为本书出版提供资助的中共安徽省委党校（安徽行政学院）。

陈发祥

2023 年 2 月